Wenn du nur wüsstest

Rachel Vail, geboren 1966, wollte eigentlich gar nicht Schriftstellerin werden, sondern Spionin. Während ihres Studiums fand sie jedoch heraus, dass sie neben der Fähigkeit zu spionieren auch noch andere Talente hatte: das Schreiben zum Beispiel. 1991 veröffentlichte sie ihr erstes Buch, dem weitere Jugend- und Mädchenromane folgten. Ihre vierteilige Serie *Friendship Ring* hat im englischsprachigen Raum bereits eine große Fangemeinde. Rachel Vail lebt mit ihrem Mann und ihren zwei Söhnen in New York City.

Rachel Vail

Wenn du nur wüsstest

Friendship Ring

Aus dem amerikanischen Englisch
von Cornelia Krutz-Arnold

CARLSEN

Für
Lil und Bill Vail,
die besten Freunde
für immer und ewig

Veröffentlicht im Carlsen Verlag
Dezember 2003

Originalverlag: Scholastic Press, New York, USA
Originaltitel: »If you only knew«

Umschlagbild: Annabelle von Sperber
Umschlaggestaltung: Doris K. Künster / Britta Lembke
Corporate Design Taschenbuch: Dörte Dosse
Gesetzt aus der Caslon und Poetica
von H & G Herstellung, Hamburg
Druck und Bindung: Elsnerdruck, Berlin
ISBN 3-551-37286-1
Printed in Germany

1

Wenn man die jüngste von fünf Schwestern ist, hat man nichts für sich allein. Ich teile das Zimmer mit meiner Schwester Devin und die meisten meiner Klamotten haben früher ihr gehört. Am ersten Schultag sagen die Lehrer: »Ach, wieder eine Grandon«, anstatt einfach nur: »Hallo, Zoe.« Ich hab die Haare meiner Schwester Bay und den Mund meiner Schwester Anne Marie und (so ein Pech) den Hintern meiner Mutter. Ich bezweifle, dass ich jemals einen Gedanken im Kopf hatte, der ganz allein von mir stammte.

Bis heute Abend war ich damit ganz zufrieden.

Ich bin mit allen in meiner Klasse befreundet, auch mit den Jungs. Verabredet hat sich noch keiner mit mir – vielleicht bin ich dafür zu groß oder zu gut mit ihnen befreundet oder was auch immer. Das kratzt mich aber auch nicht. Im letzten Jahr hat niemand versucht mich zu küssen, aber so ziemlich alle haben mir Zettel geschrieben.

Eine beste Freundin hatte ich auch noch nie. Darin hab ich irgendwie keinen Sinn gesehen. Ich hänge gern mit jeder Menge verschiedener Leute rum. Warum sollte ich mich einschränken? Aber jetzt liege ich hier im Dunkeln und schmiede Pläne, wie ich CJ Hurley dazu bringen kann, mich zu ihrer besten Freundin zu machen.

Ich übernachte bei ihr zu Hause – zum Teil liegt es daran, dass ich noch wach bin. Es ist so kalt! Hier gibt es eine Klimaanlage und kein Geschrei, genau andersrum als bei uns. Als ihre Mutter »Zeit fürs Bett« sagte, liefen CJ und ihr kleiner Bruder schnurstracks ins Bad und legten mit Zähneputzen los. Ich konnte bloß staunen. Dann schoss ich hoch und sauste ihnen hinterher. Ich kann's nicht leiden, wenn ich ausgeschlossen werde. Und außerdem – was hätte ich schon tun können? Fremden Eltern ein paar zusätzliche Minuten abringen?

CJ hat ein Zimmer für sich allein und ein Gästebett, das sich unter ihrem hervorziehen lässt, speziell für Übernachtungsbesuch. Wir zogen unsere T-Shirts und Boxershorts an, machten das Licht aus und lagen ewig lange so da. Ich dachte: *Also, das ist echt verrückt. Devin und ich reden immer im Dunkeln. Ohne das kann ich nicht einschlafen.*

»Schläfst du schon?«, flüsterte ich zu CJ hinüber.

»Nein«, flüsterte sie zurück.

»Ich wollt's nur wissen.«

Ich hab gute Augen – die besten in meiner Familie – und so konnte ich quer durchs Zimmer CJs Einbauregal betrachten. Sie hat eine ganze Sammlung von Kuscheltieren, die alle so säuberlich aufgereiht sind, als wären sie nicht mehr zum Spielen da.

»Mach dir nichts draus, wie es heute Abend gelaufen ist«, flüsterte sie.

»Es war doch toll«, sagte ich, was auch stimmte. Ich liebe

Grillpartys – brutzelnde Hot Dogs, deren Duft einem in die Nase steigt, während die Haare nach der Dusche noch nass sind und man auf dem Parkplatz vorm Schwimmbad einen Ball hin und her wirft, bis es so dunkel wird, dass man nichts mehr sehen kann. »Hat's dir denn keinen Spaß gemacht?«

»Ja, aber wie du mit den Jungs auf den Parkplatz gegangen bist...«

»Wir haben Ball gespielt.«

»Du warst das einzige Mädchen«, sagte sie. »Ich dachte, du hast dich vielleicht...«

»Du hättest mitkommen können.« Plötzlich hatte ich ein schlechtes Gewissen, weil ich sie nicht zum Mitmachen aufgefordert hatte. Aber mich hatte auch niemand aufgefordert. Ich bin einfach hingegangen. Wenn sie mitmachen wollte, hätte sie nur zum Parkplatz kommen müssen.

»Ich dachte, du hast dich vielleicht ausgeschlossen gefühlt. Bei den Mädchen.«

»Was gibt's, ihr beiden?«, rief ihr Vater, als er an CJs Tür vorbeiging.

»Entschuldigung«, sagte CJ.

Er knipste im Bad das Licht aus und sagte: »Gute Nacht.«

»Ich hab mich nicht ausgeschlossen gefühlt«, sagte ich. »Ich hatte einfach Lust, Ball zu spielen.«

»Pst«, flüsterte sie zurück. So als hätten wir Riesenärger. O Mann, bei uns hört sich Ärger sehr viel lauter an.

Im Schlafzimmer ihrer Eltern ging das Licht aus. Ungefähr eine Minute danach hob CJ wieder den Kopf und stützte sich auf den Ellbogen. »Wie ist das, wenn man vier ältere Schwestern hat?«

Ich zuckte mit den Schultern. »Wie ist das, wenn man keine hat?«

»Ich meine, ist das wie eine ständige Party? Vielleicht liegt es daran, dass du mit allen gut klarkommst – du warst einfach immer dazu gezwungen. Oder hättest du lieber mehr Privatsphäre?«

»Privatsphäre mag ich eigentlich nicht so sehr«, sagte ich. »Das ist langweilig.«

»Du bist vielleicht witzig.« CJ warf die Bettdecke beiseite und hob das Bein zum Gesicht hoch. Sie macht Ballett, deshalb kann sie so was. »Wenn ich nicht auch mal für mich allein sein kann, dreh ich durch.«

»Mir würde das Bein abfallen, wenn ich mein Knie so küssen würde.«

»Gewöhnungssache«, sagte sie.

Ich zuckte wieder mit den Schultern. »Ich schätze, mit Schwestern ist es genauso.«

Sie nahm das andere Bein. »Gehen sie dauernd an deine Sachen? Gestern hat mein kleiner Bruder meine Filzstifte benutzt. Dafür würde ich ihm am liebsten seine kleinen Fingernägel ausreißen.«

»Aua«, sagte ich. »Darüber hab ich noch nie so richtig nachgedacht. Meine Schwester Colette wird ein bisschen komisch, wenn jemand ihre CDs anfasst, aber sie ist sowieso die Schwierige bei uns. Mir macht das nichts weiter aus. Ich meine, praktisch alles, was ich habe, hat zuerst ihnen gehört. Also, was soll's?«

CJ nickte teilnahmsvoll. »Du sehnst dich bestimmt ganz schrecklich danach, etwas für dich allein zu haben.«
»Also, ich hab ...«, fing ich an, konnte den Satz aber nicht zu Ende führen, weil mir nichts einfiel. »Ich habe ...« Nichts. Überhaupt nichts Eigenes? »Ich bin die Einzige, die nicht in die alphabetische Reihenfolge passt«, brachte ich schließlich hervor.
»Wie meinst du das?« CJ spreizte die Beine zum Spagat, legte die Hände in die Mitte und stützte den Kopf darauf. Zum ersten Mal sah ich sie ohne Haarknoten und ihr blasses, knochiges Gesicht kam mir inmitten der üppigen Mähne aus braunem Kraushaar ganz verloren vor.
»Und das zieht nicht in den Beinen?« Diese Frage konnte ich mir nicht verkneifen.
CJ schüttelte nur den Kopf. Sie wartete darauf, dass ich weitersprach. Das war ein echt gutes Gefühl – bei mir zu Hause muss man schnell reden, wenn man etwas zu erzählen hat, sonst funkt jemand mit einer anderen Geschichte dazwischen.
»Vier Jahre lang bekamen meine Eltern jedes Jahr ein Kind«, erklärte ich. »A, B, C, D: Anne Marie, Bay, Colette und Devin. Im nächsten Jahr kam ein Hund, Elvis. Und dann ich. Aber da legte meine Mom los: Dieses Kind bekommt auf keinen Fall den Namen Fiona. Bildet euch bloß nicht ein, dass ich das noch zwanzigmal mitmache. Die Kleine heißt Zoe. So wie: Jetzt ist Ende der Fahnenstange.«
»Also, das ist ja eigentlich auch eine alphabetische Reihenfolge«, sagte CJ.

»Nein. Verstehst du nicht? Z.«
»Es wurden nur haufenweise Buchstaben ausgelassen.«
»Ach.« Jetzt begriff ich, was sie meinte. »Vielen Dank, dass du mich darauf hingewiesen hast.«
»Entschuldige.«
»Wirklich toll«, sagte ich. »Das Einzige, von dem ich gedacht hatte, dass es mir allein gehört.«
Sie wiegte langsam den Kopf hin und her und flüsterte: »Das muss ja schrecklich für dich sein.«
Noch nie in meinem Leben hatte mich jemand so ernst genommen. Nicht mal ich mich selbst. Ich konnte meine Schwestern sagen hören: *O bitte, krieg dich wieder ein. Was soll das? Alphabetische Reihenfolge – na und? Also wirklich!* Aber die Stimmen in meinem Kopf wurden von CJ unterbrochen, die sagte: *Das muss ja schrecklich für dich sein.* Und das stimmte auch.
»Ja«, flüsterte ich zurück. »Das ist ein schreckliches Gefühl.«
»Ich weiß«, sagte CJ. Sie redet immer ganz langsam.
Ihr Mitgefühl war so schön, dass ich ihr am liebsten etwas Schönes geschenkt hätte.
»Danke«, sagte ich. Dann musste ich über mich selbst lachen. »Ich weiß nicht, was mit mir los ist. Normalerweise bin ich nicht so gefühlsduselig.«
»Nein, im Ernst«, sagte sie. »Das ist so schwer. Ich weiß genau, wie das ist. Ich meine, es ist dasselbe mit meiner Mutter, wenn's um den Ballettunterricht geht – ich wollte ihr sagen, dass ich mir gar nicht sicher bin, ob ich dieses Jahr tanzen möchte, und sie hat mir nicht mal zugehört.

Sie hat einfach nur den Scheck ausgestellt und gesagt: ›Du bist so begabt, du bist so talentiert‹, und blablabla.«

Ich nickte und dachte darüber nach, ob ich jetzt auch zu ihr *Das muss ja schrecklich für dich sein* sagen sollte, aber ich wollte sie nicht nachahmen. Und außerdem klang das auch gar nicht schrecklich. Ich kann mir nicht vorstellen, dass mir meine Mutter jemals so etwas Nettes sagen würde. *Wenigstens machst du keinen Ärger* ist bei ihr schon das höchste der Gefühle. Deshalb sagte ich: »Vielleicht ist sie einfach nur sehr stolz auf dich.«

»Vielleicht.« CJ drehte sich auf die Seite und flüsterte: »Mit richtigem Namen heiße ich Cornelia Jane, genau wie meine Mutter.«

»Ich weiß«, sagte ich. »Mrs Platt.« Letztes Jahr waren wir in der Stammklasse zusammen und die Lehrerin, Mrs Platt, rief CJ immer mit »Cornelia Jane, unsere Primaballerina« auf, auch wenn sie nur die Anwesenheit feststellte.

»Ach ja«, sagte CJ. Sie hatte den Arm übers Gesicht gelegt und quetschte ihre kleine, spitze Nase platt. »Der Name wird in der Familie weitergegeben. Meine Urgroßmutter wurde Lia gerufen, meine Oma heißt Nelly und meine Mom Corey. Ich schätze, bei mir sind ihnen die Abkürzungen ausgegangen, die noch richtige Namen waren.«

»Mir gefällt CJ.«

»Echt?«

»Normalerweise haben nur Jungen Spitznamen, die aus den Anfangsbuchstaben bestehen.«

»Eben«, sagte sie und ließ sich flach aufs Bett fallen.
Falsche Antwort. Peinlich, peinlich. Ich versuchte es mit was anderem. »Das ist toll, dass du den Namen deiner Mutter hast. Ich hab mit meiner Mutter nur das Gewichtsproblem gemeinsam.«
Sie nahm den Arm nicht von ihrem Gesicht herunter. »So toll ist das gar nicht«, sagte sie in ihrer langsamen Sprechweise.
»Ach«, sagte ich.
»Als ich klein war, durfte ich ihre Ballettschuhe nur anfassen, wenn ich mir die Hände zuvor mit Seife gewaschen hatte. Deshalb hab ich mit Ballett angefangen – ich wollte Ballettschuhe haben, die ich dauernd anfassen durfte. Und ich wollte so sein wie sie.«
»Kein Wunder, dass sie total begeistert ist, wie gut du tanzen kannst«, sagte ich. CJ hat wirklich Talent. Letztes Jahr sind wir mit der ganzen Klasse im *Nussknacker* gewesen, um sie tanzen zu sehen. Als sie hinterher in die Eingangshalle kam, wo wir unsere Wollpullover und die gefütterten Mäntel anzogen, sah sie aus wie ein Wesen von einem anderen Stern. Man konnte verstehen, wieso Leute, die solche Vorstellungen geben, *Stars* genannt werden. Sie hat richtig gefunkelt. Auf der Heimfahrt sagten ein paar Leute im Bus, das käme nur von dem ganzen Glitzerzeug, mit dem sie geschminkt war, aber das glaub ich nicht.
CJ schlug die Decke wieder zurück und streckte den Hals so lang, dass sie mit dem Kopf an die Knie kam. »Für den Unterricht fährt sie mich vier Tage in der

Woche den ganzen Weg bis nach Lenox. Dort sitzt sie dann drei Stunden rum und schaut mir zu.«

»Ist ja toll«, sagte ich.

»Nicht unbedingt«, teilte sie ihren Knien mit.

»Was soll das heißen?«, sagte ich. »So viel Zeit ganz allein für dich? Als ich ungefähr vier war, ist meine Mutter mit mir in eine Vorstellung von der *Sesamstraße* gegangen. Nur wir beide, und dann hat sie mir noch eine Taschenlampe gekauft. Weißt du, die ist mir von allem, was ich habe, immer noch das Liebste.«

»Keine Ahnung. Ist ja auch egal«, sagte CJ. Sie setzte sich auf, zog die Beine hoch und schlang die Arme um die Knie.

»Was denn?«

»Manchmal würde ich nur gern ...«

»Was denn?«, fragte ich noch mal. »Mir kannst du's doch sagen.« Ich setzte mich ebenfalls auf. Ich liebe Geheimnisse.

»Du wirst das blöd finden.«

»Bestimmt nicht. Ehrenwort.«

»Also gut. Manchmal würde ich nach der Schule viel lieber in der Pizzeria rumhängen anstatt zum Ballett zu gehen.«

Ich fand das wirklich ganz schön blöd, deshalb blieb ich still.

CJ runzelte die Stirn. »Blöd, was?«

»Nein.« Jetzt musste ich lügen. »Aber weißt du was? Die Pizza ist noch nicht mal knusprig.«

»Das wär mir egal.«

»Und niemand klatscht begeistert Beifall, wenn du mit deiner Pizza fertig bist.«

Sie schüttelte den Kopf. »Ich verpasse das alles«, flüsterte sie. »Die normalen Sachen. Ich glaub nicht daran, dass ich jemals gut genug bin, um Solistin zu werden. Das ist alles bloß eine Verschwendung ...«

»Vielleicht doch«, fiel ich ihr ins Wort. »Du bist echt gut.«

»Das kannst du gar nicht beurteilen. Ich bin gut, aber meine Auswärtsdrehung reicht nicht und inzwischen verpasse ich das ganz normale Leben.«

Eine Weile lagen wir schweigend in der Dunkelheit. Sie hatte Recht: Woher sollte ich wissen, ob sie gut ist? Ich fand sie letztes Jahr ganz toll, aber ich weiß noch nicht mal, was Auswärtsdrehung heißt.

»Das muss ja schrecklich für dich sein«, flüsterte ich.

»Das stimmt«, sagte sie und fing an zu weinen.

Auweia, wieder daneben. Mir hatte das so gut getan, als sie das zu mir gesagt hatte. Ich schaute mich nach Papiertaschentüchern um, fand aber keine. »Soll ich dir Klopapier holen?«

»Wozu?«

»Zum Naseputzen? Um dir die Augen abzuwischen?«, fragte ich. »Ich weiß nicht, was ich machen soll.«

»Mit Klopapier?« Sie putzte sich das Gesicht an ihrem T-Shirt ab. »Ist schon okay.«

»Was willst du jetzt machen?«, fragte ich. »Mit dem Ballett.«

»Ich kann gar nichts machen, weil ich darüber nicht zu

bestimmen habe. Das ist eindeutig die Entscheidung meiner Mutter. Aber es geht ja eigentlich darum, dass ich genau weiß, wie dir zu Mute ist, weil du nichts Eigenes hast.«

Ich nickte nur. Ich weiß nie, was ich sagen soll, wenn jemand ernst wird.

»Morgan sagt, ich soll's einfach hinschmeißen. Aber sie schert sich nicht um solche Sachen, ob man seine Mutter enttäuscht oder so. Ich meine, Mom sagt immer, dass ich ihre beste Freundin bin.«

Ich verkniff es mir, *Das ist aber schön* zu sagen. Stattdessen sagte ich: »Oh, das macht's kompliziert.«

Ich wusste nicht mal so recht, was das bedeutete, aber ich war froh, dass ich es gesagt hatte. CJ nickte nämlich ganz heftig und schaute mich dabei an. Sie hat so richtig ausdrucksstarke grüne Augen.

»Genau«, sagte sie. »Siehst du? Morgan versteht so was nicht – ihr ist es egal, was ihre Mutter von ihr hält. Andererseits hat Morgan aber Recht – es ist ja eigentlich meine Entscheidung. Ob ich tanzen möchte und wer meine beste Freundin ist. Meine Mutter kann nicht einfach bestimmen, dass sie und ich beste Freundinnen sind. Hab ich da nicht auch was zu melden?«

»Unbedingt«, sagte ich.

Sie nickte wieder und lächelte ein bisschen. »Ich meine, die beste Freundin – das ist zu wichtig. Damit geht man eine Verpflichtung ein, oder nicht? Beste Freundinnen müssen sich gegenseitig dazu machen.«

»Ja«, sagte ich. »Das finde ich auch.«

»Ein Glück, dass jemand meiner Meinung ist«, flüsterte CJ.

»Wer ist deine beste Freundin? Morgan?« Letztes Jahr steckten CJ und Morgan viel zusammen und ich schätze, ich bin davon ausgegangen, dass sie beste Freundinnen sind. Ich war mit beiden befreundet, nur war ich seit dem *Nussknacker* CJ gegenüber ein bisschen schüchtern. Es ist schwer vorstellbar, dass meine Freunde vom Unterricht befreit werden, damit sie sich etwas anschauen können, was ich mache.

»Na ja«, sagte CJ langsam. »Gideon Weld war mein bester Freund, als wir noch klein waren. Aber dann – du weißt schon, uns wurde bewusst, dass er ein Junge ist und ich ein Mädchen bin, und damit war Schluss.«

»Klar«, sagte ich, als wäre es völlig logisch, dass ein Junge kein bester Freund sein kann. Ich bin mit allen einfach nur befreundet. Und hab niemanden für mich allein. Wieso hatte mir das bisher nichts ausgemacht?

»Und seit der vierten Klasse war es Morgan. In letzter Zeit hab ich allerdings das Gefühl, dass sie mich nicht versteht«, flüsterte CJ. »Doch, ich schätze, es ist Morgan. Und wer ist deine beste Freundin?«

»Ich weiß nicht.« Ich drehte mich weg von ihr, zur Tür hin, und zog mir das Kissen über den Kopf. »Ich hab keine.«

Nach einer Weile flüsterte CJ: »Wir sollten jetzt schlafen, meinst du nicht?«

Ich sagte: »Ja«, aber ich konnte nicht schlafen.

2

»Die siebte Klasse ist die schlimmste«, vertraute Devin mir an, während sie die Hände ins Seifenwasser tauchte, um den Stöpsel rauszuziehen. Wir waren mit Spülen dran.

»Wirklich? Wieso?« Devin ist die einzige meiner Schwestern, bei der ich mich darauf verlassen kann, dass sie mir die Wahrheit sagt und mich nicht wie ein Kleinkind behandelt.

»Und du musst da ganz alleine durch«, fuhr sie fort. »Ich hatte wenigstens noch Colette an der Schule. Ich meine, es war Colette, aber trotzdem. Als ich mich einmal auf der Mädchentoilette ausheulen musste, schwänzte sie Englisch und blieb die ganze Stunde bei mir.«

»Also, ich heul nicht in der Schule.« Ich trocknete mir am unteren Ende ihres Geschirrtuchs die Hände ab.

Sie lächelte. »Wart nur ab, bis die Hormone verrückt spielen.«

Devin hat das schönste Lächeln der ganzen Familie. Ich hab vor dem Spiegel geübt und wollte es nachmachen, aber bei mir wird nur ein breites, blödes Grinsen daraus.

»Wie ist das, wenn sie verrückt spielen?«, fragte ich, wäh-

rend ich ihr auf der Treppe zu unserem Zimmer hinterherlief.
»Das wirst du schon merken. Dann erkennst du dich selbst nicht wieder.«
»Igitt. Echt?«
»Wo warst du heute?«
»Bei CJ Hurley.« Dann beschloss ich etwas auszuprobieren. Ich wollte wissen, wie sich das anhörte. »Sie ist meine beste Freundin.«
»Ach ja?« Devin ließ sich auf ihrem Bett nieder und schlug die Beine übereinander. »Seit wann?«
Äh. »Seit kurzem«, antwortete ich. Ich zog die weitesten Shorts an, die ich hatte, ein Paar alte, grüne von Devin. »Und was hast du gemacht?«
»Hat Colette dir erzählt, was *sie* gemacht hat?«, fragte Devin.
»Nein.«
Devin lächelte wieder. »Dann lassen wir das lieber.«
»Sag schon!« Ich kann's nicht ausstehen, wenn ich nicht Bescheid weiß.
»Ich hab ihr versprochen nichts zu verraten«, sagte Devin und zuckte mit den Schultern. »Aber als sie wieder zu Hause war, ist Anne Marie mit uns allen in die Schreibwarenabteilung im Kaufhaus gegangen, um Schulsachen zu besorgen.«
»Du bist nicht mit deinen Freundinnen gegangen?«, fragte ich.
Devin schüttelte den Kopf. »Mommy hat uns Geld gegeben«, sagte sie.

»Sie hat mir auch was gegeben, damit ich morgen mit meinen Freunden losziehen kann«, sagte ich. »Anne Marie hat mir nichts davon gesagt, dass ihr zusammen einkaufen wollt. Wart ihr danach noch Pizza essen?«

»Ja.« Sie lächelte ihr kleines Speziallächeln, das nur angedeutet ist. »Du hättest mitkommen können.«

»Ja, schon«, sagte ich und wühlte auf der Suche nach meinem Tennisschläger im Schrank herum. Früher hat die ganze Familie gemeinsam die Schulsachen besorgt und anschließend ist Mom mit uns immer Pizza essen gegangen. Bei diesem Einkaufsbummel bekamen wir alles umsonst und wir schleppten unsere Listen und haufenweise Stifte mit uns rum. Einmal haben sie mich in der Schreibwarenabteilung vergessen. Ich war so damit beschäftigt, mir die Radiergummis anzusehen, dass ich's noch nicht mal merkte. Für mich war das alles so aufregend, als wären die leeren Hefte ein neuer Anfang. Und wenn meine Schwestern mir bei der Auswahl halfen, konnte ich später im Jahr den ausgebleichten blauen Einband meines Spiralblocks betrachten, zum Beispiel während einer schwierigen Mathearbeit, und daran denken, dass Anne Marie gemeint hatte, dieser Notizblock wäre der beste. Das gab mir Mut oder ich hatte doch zumindest das Gefühl, jemanden an meiner Seite zu haben.

Aber letztes Jahr fühlten sich meine Schwestern zu alt für solche Familienunternehmungen und wollten lieber mit ihren Freunden losziehen. Dieses Jahr wollte *ich* nun wiederum nicht als Baby dastehen, deshalb hatte ich eine große Schau damit abgezogen, dass ich die Einkäufe mit meinen Freundinnen machen wollte. Aber wenn ich gewusst hätte, dass sie alle zusammen losziehen wollten, wäre ich auf jeden Fall mit meinen Schwestern mitgegangen. CJ und ich hatten währenddessen einfach nur bei ihr im Garten rumgehangen. Das hatte mir zwar Spaß gemacht, aber zu diesem Zeitpunkt wusste ich noch nichts davon, was ich zu Hause alles verpasste.

»Tut mir Leid«, sagte Devin. »Sei nicht traurig.«

»Ist doch egal.« Ich beugte mich weiter in den Schrank vor, damit Devin nicht sehen konnte, wie enttäuscht ich war.

»Das willst du doch wohl nicht anziehen, oder?«

Ich schaute auf und sah, dass sie auf mein Sweatshirt zeigte.

»Das ist Big Blue«, erklärte ich ihr.

»Du entwickelst eine große Zuneigung zu Gegenständen«, stellte Devin fest.

Ich zog meinen Schläger und eine Dose Bälle hervor. »Nur zu manchen. Fühl doch mal, wie weich Big Blue ist.«

Sie hielt die Hände hoch. »Nein, aber trotzdem vielen Dank. Ich schätze, in deinem Alter hab ich an solchen Sachen genauso gehangen. Das ist wohl so eine Phase, bevor die Jungen kommen.«

»Du bist ja so was von reif.« Sie ist ganze zweiundzwanzig Monate älter als ich.

»Erstaunlich, nicht wahr?« Sie zuckte mit den Schultern. »Du gehst doch wohl nicht wieder rüber und nervst Tommy, oder?«

»Er muss seinen Aufschlag üben.« Tommy Levit und ich hatten den ganzen Sommer über bei ihm an der Garagenwand Bälle geschlagen. »Wieso? Was hast du vor?« Ich wollte nicht noch mehr versäumen.

»Meinst du nicht, du solltest dich ein bisschen rar machen, damit du nicht so leicht zu haben bist?«

»Er ist mein Kumpel.« Ich setzte mich auf mein Bett und dachte: *Weiß sie etwa, dass ich in letzter Zeit mehr als sonst an Tommy denke?*

»Du flirtest mit ihm.«

»Gar nicht wahr!«, protestierte ich. Alles ist so wie immer. *Ich weigere mich, bei Jungen genauso durchzudrehen wie meine Schwestern, nur weil Tommy tiefe Grübchen hat. Nur weil ich in letzter Zeit immer wieder daran denken muss, wie süß sein Gesicht ist.* »Das ist kein Flirt, sondern einfach nur Spaß«, teilte ich Devin mit. »Wir sind Freunde.«

»Das meine ich ja. Du lässt es zu, dass ihr einfach nur befreundet seid. Und was bringt dir das?«

»Es soll mir gar nichts bringen. Höchstens eine Garagenwand, damit ich trainieren kann.« Um Devins Blick zu entgehen, bückte ich mich und band mir die Schnürsenkel neu. Vielleicht will ich wirklich mehr Privatsphäre haben. Ich kann nicht mal Gefühle hegen, ohne dass mir jemand hinterherspioniert.

»Dann spielen die Hormone eindeutig noch nicht verrückt.« Devin setzte sich neben mich und fing an ihre Haare zu einem französischen Zopf zu flechten.

»Wie auch immer.« Beim Hinausgehen fragte ich: »Ist das ein Pickel?«

»Wo?«

Bevor ich an der Treppe war, bekam ich noch mit, wie sie zum Spiegel raste. Geschah ihr recht.

Manchmal bin ich kein so guter Mensch, wie ich sein sollte. Ich hielt Ausschau nach Colette, weil ich wissen wollte, was sie gemacht hatte. Aber sie war offenbar *weg*, was ihr liebster Ort ist, wo immer das auch sein mag. Wahrscheinlich bei ihrem ätzenden Freund.

Um Tommy und Jonas zu besuchen, muss man einfach nur durch unseren Garten laufen, über den Zaun klettern und ihren Rasen überqueren. Unterwegs dachte ich darüber nach, ob ich nicht vielleicht doch einen besten Freund habe, nämlich Tommy. Es besteht keine solche Verpflichtung, von der CJ sprach, aber Tommy und ich ziehen uns gegenseitig auf, und wenn ich mit ihm zusammen bin, hab ich immer gute Laune. In letzter Zeit bin ich allerdings auch ein bisschen nervös, aber selbst das ist irgendwie schön.

Mrs Levit kam an die Tür und rief zu Tommy hoch, dass ich da bin. Ich wartete im Flur. Sie lächelte mir zu, sagte aber nichts. Ich erwiderte das Lächeln und schaute dann zu meinen Turnschuhen hinunter, balancierte den Tennisschläger auf der Schuhspitze. Mrs Levit hatte die Hände ineinander verhakt. Als ich aufsah, stellte ich fest, dass sie mich immer noch anlächelte.

»Wie geht es Ihnen?«, fragte ich höflich.

»Nicht so toll«, sagte sie. »Ich hab Krämpfe.«

»Ach, das ist schrecklich«, sagte ich.

»Das kannst du laut sagen.«

Ich schaute die Treppe hoch, aber Tommy ließ wie immer auf sich warten. Ich kann's nicht ausstehen, wenn ich so im Flur rumstehen muss und nicht wegkann. »Waren Sie beim Arzt?«

»Nein.« Mrs Levit seufzte. »Das sind Menstruationsbeschwerden.«

»Ach«, sagte ich.

»Bekommst du auch Krämpfe, Zoe?«

»Nein«, sagte ich schnell. Wenn ich Mrs Levit treffe, erzählt sie mir jedes Mal von ihrer Regel. Ich krieg dabei das kalte Grausen. Meine Mutter nimmt das Wort Regel nicht in den Mund, noch nicht mal dann, wenn's um eine Verkehrsregel geht oder so. Sie sagt »Vorschrift« dazu. Und die andere Art von Regel heißt bei ihr »die Tage«.

»Da hast du Glück«, sagte Mrs Levit. »Meine Gebärmutter ...«

»Tommy?«, schrie ich.

Tommy sprang zum Treppenabsatz herunter und sagte: »Hey.«

»Wollen wir ein paar Bälle schlagen?« Damit meinte ich: *Hol mich hier raus.*

»Ja. Augenblick noch.« Er lief wieder nach oben und rief dann herunter: »Ma? Wo sind meine Turnschuhe?«

»In der Abstellkammer«, gab sie zurück. »Das ist so ...«

»Ich kann auch draußen warten«, schlug ich vor.

»Freust du dich auf die siebte Klasse?«

»Nicht so besonders«, murmelte ich.

»Das kann ich verstehen. So ein schwieriges Jahr.«

»Danke«, sagte ich. Ich weiß selbst nicht, warum ich mich

bedankt habe. Manchmal sag ich einfach Danke, wenn ich das Gefühl habe, dass irgendwer etwas sagen sollte.
Als Tommy aus dem Haus kam, war ich bereits eifrig damit zugange, den Ball im Flug zurückzuschlagen. Er setzte sich auf die Bordsteinkante und wartete.
»Hast du schon deine neuen Hefte besorgt?«, fragte ich ihn mitten in einem Rückhandschlag.
»Nein.«
Vorhand. »Ich zieh morgen mit ein paar Leuten los, um die Sachen zu besorgen. Vielleicht willst du ja mitkommen und Jonas auch?«
»Okay.«
»Ich mach die Einkäufe nicht mehr mit meinen Schwestern.« Ich fing den Ball und warf ihn zu Tommy hinüber. Er stand auf und ging zu der Ritze im Pflaster, die uns als Grundlinie diente. Während er den Ball hochwarf, fragte ich: »Wer ist dein bester Freund?«
Er machte seinen Aufschlag.
»Aus«, sagte ich.
»Ja?« Er rannte dem Ball hinterher und erwischte ihn kurz vor den Sträuchern. »Jonas, schätze ich.«
»Ach.« Jonas ist sein Zwillingsbruder, deshalb sagte ich: »Das ist ja klar. Aber jemand anderes?«
Er stellte sich wieder an die Linie. »Eigentlich nicht«, sagte er und warf. Diesmal war der Ball drin.
Wir spielten, bis es dunkel wurde. Dann setzten wir uns wieder auf den Bordstein und zupften die Haut von unseren Blasen. »Also«, sagte ich, als ich mit meiner fertig war, »dann treffen wir uns morgen an der Bushaltestelle.«

»Alles klar.« Er stand auf und ging zum Haus.
»Tommy?«
Er fuhr herum. Seine schwarzbraunen Augen glitten an meinem Körper entlang, von den Turnschuhen über meine Brust bis zum Gesicht. Ich setzte mich schnell wieder hin, weil ich so ein Kribbeln in den Fingern und Zehen bekam, genau wie letztes Jahr, als an der Wunde am Kinn die Fäden gezogen wurden und ich plötzlich umkippte. O Mann. Wann war er so süß geworden?
»Hast du das gestern komisch gefunden?«, brachte ich hervor.
»Was?« Er strich sich die schweißnassen, dunklen Haare aus der Stirn und hinterließ dabei einen Schmutzfleck auf seinem Gesicht. Ich meine, im Kindergarten hat er mir einen Wurm auf den Kopf gelegt. Ich hab ihm dabei geholfen, seinen Wagen für das Seifenkistenrennen bei den Pfadfindern zu bauen. Ich weiß über die Menstruationsbeschwerden seiner Mutter Bescheid. Er ist praktisch mein Bruder. Aber wenn ich jetzt daran denke, wie er letztes Jahr oben in seinem Baumhaus Morgan Miller küsste, stelle ich mir vor, dass ich es war. Für mich wäre ein Kuss kein Grund, mit ihm Schluss zu machen.
»Was?«, fragte er noch mal.
»Dass ich mit euch Ball gespielt habe? Statt bei den Mädchen zu bleiben?«
»Nein.« Sein Gesichtsausdruck besagte: *So eine saublöde Frage.* Das gefällt mir an ihm. Er nimmt kein Blatt vor den Mund. Ich schätze, das hat er von seiner Mutter.
»Ich wollt's nur wissen.«

»Du bist ja auch kein Mädchen«, sagte er.
»Wirklich? Bin ich nicht?« Ich war mir nicht sicher, ob das ein Kompliment oder eine Beleidigung war. »Also, mein Vater wird total begeistert sein.«
»Nein«, sagte er. Dabei rieb er den Griff zwischen den Handflächen hin und her, dass der Schläger herumwirbelte. Das hatte ich ihm im Juli beigebracht. »Ich meine, dir ist es egal, wie du aussiehst und so.«
»Vielen Dank«, sagte ich und band meinen Pferdeschwanz straffer. Es stimmt, ich denk nicht dauernd daran, wie ich aussehe, aber es ist mir nicht egal. Natürlich ist mir das nicht egal.
»Auf eine angenehme Art«, sagte Tommy. »Zum Beispiel tuschelst du nicht dauernd. Du bist mehr wie einer von den Jungs.«
»Ach«, sagte ich. »Na ja, ich wollt's bloß wissen.« Ich stellte meinen rechten Fuß auf den linken. Wenn Devin das macht, sieht sie richtig niedlich aus. Ich wollte, dass er mich wahrnahm, und zwar auf andere Weise. Er sollte merken, dass ich doch nicht so bin wie einer von den Jungs.
»Außerdem kannst du besser werfen als die meisten von uns.«
»Danke«, sagte ich. Dann versuchte ich es mit Devins angedeutetem Lächeln. Ich ließ es langsam über mein Gesicht gleiten, ganz verstohlen, so wie sie das macht. Das kam mir aber irgendwie unecht vor und endete dann doch wieder in meinem eigenen Lächeln, bei dem vermutlich zu viel vom Zahnfleisch zu sehen war.
Er lächelte zurück. »Aber deine Vorhand ist wackelig.«

»Das hättest du wohl gern«, gab ich zurück.
Er lief zur Tür und hatte dabei sein spöttisches Grinsen im Gesicht.
Auf dem Rückweg schürfte ich mir am Zaun das Bein auf. Das Blut zog Spuren durch den Schmutz auf meiner Haut, als es zu meiner Socke hinunterfloss. Ich konnte mich nicht so recht entscheiden, ob das taff oder einfach nur eklig aussah. Konnte es mir nicht egal sein, wenn mein Bein am ersten Schultag voller Schorf war? Ich bückte mich, um mir das genauer anzusehen. Und dann saß ich bei uns im Garten und starrte einfach nur ins Leere.
Er hatte gesagt, ich wäre wie einer von den Jungs. Also, ich war immer der Ansicht gewesen, dass ein Wildfang viel besser ist als eine Zimtzicke. Das konnte ich jetzt nicht alles über den Haufen werfen.
Ich schätze, es gibt doch ein paar Dinge, die ich ganz privat für mich behalte.

3

Siebte Klasse. Ich schlug die Augen auf – ich wollte nicht die Letzte in der Dusche sein und erfrieren müssen. Mit einem Ruck sprang ich hoch und machte mein Bett. Wen kümmert es schon, was Devin sagt?, dachte ich. Nur weil für sie die siebte Klasse das schlimmste Jahr war, heißt das noch lange nicht, dass es auch für mich schlimm sein muss.

Ich schnappte mir mein Handtuch und rannte durch den Flur. Als Anne Marie die Tür zum Badezimmer aufmachte, war ich schon halb nackt.

Anne Marie versuchte es trotzdem. »Sei doch nicht so«, sagte sie.

»Tut mir Leid.« Ich drehte das Wasser auf und trat unter die Dusche. Schön heiß. Einen Augenblick lang genoss ich die Wärme, dann stellte ich die Temperatur runter, damit Devin, die immer die Letzte ist, den ersten Schultag nicht als Eiszapfen antreten musste.

»Weißt du«, sagte Anne Marie, »das ist mein letzter erster Schultag.«

»Was?« Auch ohne hinzusehen wusste ich, dass sie auf dem Klodeckel saß und ihr Handtuch zusammengefaltet auf dem Schoß liegen hatte. Das Rennen um die zweite

Dusche findet fast immer zwischen Anne Marie und mir statt (Dad steht schon vor Morgengrauen auf) und die Verliererin setzt sich auf den Klodeckel und redet.

»Der letzte erste Schultag, den ich hier verbringe«, sagte sie.

Ich hatte sie schon beim ersten Mal gehört. Daran hatte ich noch nie zuvor gedacht – es war der letzte erste Schultag, bei dem alle Grandon-Mädchen zusammen waren. Nächstes Jahr würde Anne Marie auf dem College sein.

»Ja«, sagte ich und kniff die Augen zusammen, damit mir beim Spülen keine Seife in die Augen kam.

Sonst quatschen wir immer die ganze Zeit, aber diesmal sagte sie nichts mehr und ich auch nicht. Ich beschloss, nicht mehr daran zu denken, wie anders es nächstes Jahr ohne Anne Marie sein würde, die immer alles organisiert und den Laden schmeißt. Mehr als ein Trauma auf einmal kann ich nicht verkraften. Im Augenblick musste ich mich dafür wappnen, den ersten Tag an der Middle School* allein zu bewältigen.

Ich stellte das Wasser ab und nahm das Handtuch, das Anne Marie mir in die Dusche hielt. Während ich mich abtrocknete und sie duschte, fragte ich: »War die siebte Klasse dein schlimmstes Jahr?«

»Keine Ahnung«, sagte sie. »Hm ... eher die achte, glaub ich. Ja, die achte.«

* Schließt an die Grundschule an und umfasst das sechste bis achte Schuljahr. Zoes Schwestern gehen bereits auf die High School, die von der neunten bis zur zwölften Klasse führt. (Anm. d. Ü.)

»Woran lag's?«

»Ach, an allem. Pickel. Erinnerst du dich noch an mein Kinn?«

»Ja.«

»Vielen Dank. Außerdem bestand ich nur aus lauter Ecken und Kanten und das Leben war irgendwie so zerbrechlich. Ich war wie Stacheldraht und das Leben war eine Strumpfhose, die ich anziehen wollte, mich aber dauernd darin verfing. Vielleicht sollte ich ein Gedicht darüber schreiben.«

»Ja«, sagte ich, »unbedingt.« Im letzten Jahr war sie zweimal zur besten Englischschülerin des Jahres gewählt worden. Sie ist sehr tiefsinnig und poetisch. Ich wusste nicht so genau, was sie damit meinte; ich bin nämlich nur ganz normal. Außerdem hatte ich noch nicht so oft Strumpfhosen getragen.

»Und Bay wurde Mittelfeldspielerin in der Fußballmannschaft und ich saß auf der Reservebank«, fügte sie hinzu.

»Du hast nicht gespielt?« Darüber konnte ich nur staunen.

»Kaum mal«, sagte sie. »Und meine kleine Schwester wurde Sportlerin des Jahres. Ärx. Sei froh, dass du nicht in der achten Klasse bist.«

»Ich kann mich nicht daran erinnern, dass du auf der Bank gesessen hast«, sagte ich.

Sie stellte das Wasser ab. Ich reichte ihr das Handtuch am Duschvorhang vorbei in die Kabine.

»Wie solltest du dich daran auch noch erinnern können?«, fragte sie und nahm das Handtuch entgegen. »Du warst ein Baby.«

Wir gingen durch den Flur zu unseren Zimmern. Meine schwarzen Jeans waren im Trockner ein bisschen eingelaufen, aber der Schorf an meinem Knie sah ziemlich eklig aus, daher kamen Shorts nicht in Frage. Ich trage am ersten Schultag gern Pink, weil das so eine freundliche Farbe ist. Deshalb holte ich Devins altes, pinkfarbenes T-Shirt hervor, ein herrlich weites Ding in Übergröße, das ich mir aufgespart hatte. Es ist mir nämlich nicht egal, wie ich aussehe.

Zum Kämmen setzte ich mich aufs Bett, um gegen die Knoten in meinen Haaren anzukämpfen (und um die Jeans ein bisschen zu dehnen). Dabei dachte ich darüber nach, was Anne Marie gesagt hatte. Ich war ein Baby. Was mir wohl sonst noch alles entgangen war? Ich hasse es, wenn mir etwas entgeht. Aber dann roch ich arme Ritter und hörte mit der Grübelei auf. Ich rammte meine Füße in die Turnschuhe und sauste die Treppe runter. Devin haute gerade wieder auf die Schlummertaste an ihrem Wecker.

»Lass mir was übrig«, rief Bay aus der Dusche.

»Kommt nicht in die Tüte!«, rief Anne Marie, die direkt hinter mir war. Mein Dad macht fantastische arme Ritter. Er ist Bäcker und total besessen von allem, was mit Brot zu tun hat. Wenn wir Ferien machen, fahren wir immer irgendwohin, wo es Hefe gibt und aus Ziegelsteinen gemauerte Backöfen.

Ich verputzte gerade meine zweite Portion und Bay war

mit ihrer ersten fertig, als Colette die Treppe heruntergeschwebt kam. Sie ließ ein Glas mit Wasser voll laufen und setzte sich damit auf ihren Platz neben mich. Dad lud ihr ein großes Stück arme Ritter auf den Teller.

»Nein, danke«, sagte Colette.

Dads Lächeln wurde etwas verkrampft. »Ich hab sie ganz speziell aus meinem besten Gerstenbrot gemacht. Eine gute Grundlage für deinen ersten Tag.«

»Ich mach eine Diät«, sagte Colette und trank ein Schlückchen von ihrem Wasser. Ich beugte mich tief über meinen Teller, stopfte mir einen riesigen Happen in den Mund und dachte: *Nein, nein, nein.*

»Du gehst erst zur Schule, wenn diese armen Ritter aufgegessen sind«, verkündete Dad. Seine Hände lagen zu Fäusten geballt auf dem Tisch, wobei er den Bratenwender mit festem Griff umklammerte. Ich wagte es nicht, zu seinem Gesicht hochzusehen.

Neben mir lehnte sich Colette auf ihrem Stuhl zurück und verschränkte die Arme vor der Brust, über der sich ihr T-Shirt spannte. Genau wie bei Dad wird ihre Aussprache überdeutlich, wenn es zwischen den beiden mal wieder Zoff gibt. »Schön«, sagte sie und feilte jeden Ton sorgfältig aus, »dann geh ich eben nicht zur Schule.«

»Morgen!« Devin kam ins Esszimmer gerannt. Ihr Kopf hing nach unten und sie schleuderte die nassen Haare nach vorn, um sie zu einem Pferdeschwanz zusammenzufassen. »Mmm, lecker.« Ihr Kopf schnellte wieder hoch, sie küsste Dad auf die Backe, schnappte sich einen

Teller und fischte sich mit der Gabel arme Ritter aus der Pfanne. »Wie spät ist es, A. M.?«

Wir anderen starrten auf unsere Teller ohne uns zu rühren, aber Devin bemerkte das entweder nicht oder tat zumindest so. Anne Marie warf einen Blick auf ihre Armbanduhr und murmelte etwas von »acht Minuten«.

»IHR SOLLT EINE GUTE GRUNDLAGE FÜR DEN TAG HABEN!«, brüllte Dad. »Darauf bestehe ich!« Er knallte den Bratenwender auf den Tisch und stürmte in Richtung Treppe davon. Elvis, unser schwarzer Labrador, folgte ihm so schnell auf dem Fuß, dass er nur noch als verschwommener Fleck auszumachen war. Dad würde Colette bei Mom verpetzen, die daraufhin finden würde, dass er sich ein bisschen Ruhe gönnen sollte. Wir lauschten seinen Schritten, als er die Treppe zum Schlafzimmer hochstapfte.

»Na«, sagte Devin, »und das soll eine gute Grundlage sein?«

Ich verkniff mir ein Grinsen, weil man nie weiß, wie Colette reagiert. Aber mir gegenüber fing Bay an zu lachen, Anne Marie und Devin kriegten beide das Kichern, und als ich Colette einen verstohlenen Blick zuwarf, sah ich, dass sich auch auf ihr Gesicht ein Lächeln schlich.

»Das ess ich nicht«, sagte sie und gab sich alle Mühe, ernst zu bleiben.

»Er hat nichts davon gesagt, dass du das essen musst«, murmelte Anne Marie.

»Doch, hat er«, sagte Bay.

»Nein.« Anne Marie schluckte den letzten Bissen hinunter und putzte sich mit der Serviette das Gesicht ab. »Er hat gesagt, dass du erst zur Schule gehst, wenn die armen Ritter aufgegessen sind.«

»Genau das hat er gesagt«, bestätigte ich.

Bay stach mit der Gabel in Colettes Portion und holte die armen Ritter auf ihren eigenen Teller. Sie schnitt sie auseinander, warf die eine Hälfte auf meinen soeben geleerten Teller und sagte: »Mach schnell.«

»Aber ich ...«

Bevor ich vorbringen konnte, dass ich nach zwei Riesenportionen voll bis oben war, sagte Bay: »Halt den Mund und iss.«

»Also, ich lüg ihn nicht an«, sagte Colette.

»Warum musst du so ein Drama daraus machen?«, fragte Devin. »Sag einfach, was nötig ist, und mach mit deinem Leben weiter.«

Colette sah Anne Marie an. Wir warteten.

»Du brauchst ja nur die Frage zu vermeiden«, sagte Anne Marie, während sie ihr Geschirr in die Küche stellte.

Damit war die Sache so ziemlich gelaufen. Anne Marie ist wie die Zweitmutter bei uns zu Hause. Sie legt die Regeln fest und nur Dad leitet ihre Entscheidungen an die richtige Mom weiter.

Als ich mir gerade den letzten Happen arme Ritter in den Mund stopfte, kam Dad die Treppe heruntergestürmt, dicht gefolgt von Elvis und danach von Mom, die sich einen aus der Steckdose gezogenen Lockenstab in die Haare hielt.

»Das war köstlich!«, schrie Devin und räumte ihren eigenen Teller und den von Colette ab. »Wir haben sie dazu gebracht, dass sie aufisst«, flüsterte sie Mom zu.
»Du hast gegessen?«, erkundigte sich Mom bei Colette. Sie holte den Lockenstab heraus und fuhr sich mit der Hand in die Haare, bauschte sie ein wenig auf.
Colette machte den Mund auf, aber Bay kam ihr zuvor. »Sie waren lecker, Colette, nicht wahr?«
Mom und Dad sahen Colette an. Anne Marie und Devin lugten aus der Küche herein. Bay und ich hielten den Atem an. »Ich glaub schon«, sagte Colette. Ich schluckte ihren letzten Bissen hinunter.
»Waren sie so schlecht?«, fragte Dad. Er wandte sich an Mom. »Für das Gerstenbrot hab ich gestern Abend fünf Stunden gebraucht. Ich habe walisisches Gerstenbrot gebacken und dann ...«
»Lass sie in Ruhe, Arnie«, sagte Mom. »Sie hat gesagt, sie hat's gegessen. Das genügt. Alles andere ist doch egal. Wie spät ist es? Ich muss zur Arbeit ...«
»Sieben Uhr vierundvierzig. Ich muss los«, rief Bay.
Mom ging in die Küche und warf ihren Lockenstab auf die Arbeitsplatte. Dabei murmelte sie vor sich hin: »Allzeit die Schiedsrichterin.«
Wir schnappten uns die Brote für die Mittagspause und küssten Dad. Na ja, Colette küsste ihn nicht. »Ich hab dich lieb«, sagte Dad zu jeder von uns. Und dann sagte er: »Komm mit, Elvis.« Dabei hat er es gar nicht nötig, Elvis zum Mitkommen aufzufordern. Elvis ist praktisch Dads dritter Fuß.

»Vergesst eure Brote nicht!«, rief Mom uns nach. Wir hielten alle fünf unsere braunen Papiertüten hoch, während wir den Gartenweg entlangschlurften. Sie sagt *Vergesst eure Brote nicht* an Stelle von *Ich hab dich lieb*.

Unterwegs zur Bushaltestelle hatte ich das Gefühl, so schwer wie ein Elefant zu sein. Deshalb zockelte ich zusammen mit Colette den anderen hinterher.

»Ich wär den ganzen Tag vor dem Teller sitzen geblieben«, sagte sie.

Ich sah es richtig vor mir, wie sie mit verschränkten Armen am Esszimmertisch saß, wenn wir nach Hause kamen. Ich schüttelte den Kopf. »In meinem ganzen Leben hab ich noch nie so viele arme Ritter so schnell hinuntergeschlungen.«

»Ich hätt's gemacht«, beteuerte Colette.

»Glaub ich dir ja.« Ich glaubte es wirklich und außerdem war ich sowieso viel zu voll gefressen, um zu widersprechen.

»Es ist mir ganz egal, ob das walisisches Brot ist oder sonst was. Ich hasse ihn.«

Ich schaute zu ihr hinüber, wie sie neben mir einherstapfte. Sie ist nicht viel größer als ich und wiegt zehn Pfund weniger. Weil sie abends duscht, war Colette die Einzige von uns mit trockenen Haaren, und sie hat die meisten Locken. So wie Dad. Sie und Dad sind sich sehr ähnlich. Ich könnte meinen Vater nie hassen, auch wenn er manchmal ganz schön nerven kann. Er ist eben Dad. Ich kann mir eigentlich gar nicht vorstellen irgendjemanden zu hassen. Noch nicht mal Colette.

Ihre blauen Augen, die sie schwarz umrandet hatte, sahen so zornig und gespenstisch aus, dass ich sie fast gefragt hätte, warum sie sich das antat. Aber stattdessen sagte ich: »Gefällt mir, dein Eyeliner.«
»Echt?«
»Ja«, log ich.
Sie strich sich die Haare aus dem Gesicht und fragte: »Wieso schminkst du dich nicht?«
Ich zuckte mit den Schultern. »Ich glaub, dann käm ich mir zu auffällig vor.«
»Du könntest nämlich richtig hübsch sein, wenn du dich ein bisschen anstrengen würdest.« Sie strich mir die Haare hinters Ohr.
»Meinst du?« Ich strich die Haare auf der anderen Seite zurück.
Sie musterte mich mit zusammengekniffenen Augen. »Lange blonde Haare, knallblaue Augen, hohe Backenknochen – gesteh's dir ein, Zoe. Du bist eine Sahneschnitte.«
»Also bitte«, sagte ich. Und dabei dachte ich: *Wirklich?*
»Bestimmt«, sagte sie. »Weißt du was? Du bist meine zweitliebste Schwester.«
»Ja?« Das haute mich fast um. Ich hätte gedacht, dass sie mich vielleicht auch hasst.
Sie nickte.
Ich glaub nicht, dass sie meine zweitliebste Schwester ist. Sie macht mir Angst. Außerdem war ich mir nicht sicher, ob ich vielleicht beleidigt sein sollte, weil ich erst an zweiter Stelle kam. »Wer kommt an erster Stelle?«, fragte ich.

»Er kann mich nicht zum Essen zwingen«, gab sie zur Antwort.

»Hey«, sagte ich. »Was hast du gestern gemacht? Devin wollte es mir nicht verraten. Ist Devin deine Lieblingsschwester?«

Wir waren schon fast an der Bushaltestelle. Colette blieb stehen und flüsterte: »Das ist ein Geheimnis.«

»Ich sag's nicht weiter«, schwor ich.

Ein paar Sekunden lang sah sie mir tief in die Augen. Ich dachte: *Bitte, bitte.* Dann zog sie ihr T-Shirt hoch und zeigte mir ihren Nabel, durch den ein kleiner Goldreifen gezogen war.

»Wow«, sagte ich. »Hat das wehgetan?«

»Wahnsinnig. Aber es sieht scharf aus, findest du nicht?«

Aber da rief ihr Freund nach ihr und sie wartete meine Antwort nicht mehr ab. Matt O'Donnell hat einen Pferdeschwanz und den Anflug eines Schnurrbarts. Colette hüpfte zu ihm hinüber und die beiden begannen mit dem Begrüßungskuss.

Alle sahen zu. Der Bus kam, bevor sie fertig waren. Sie beendeten den Kuss und lächelten sich an. Ein Junge aus der Zwölften klatschte und Matt verbeugte sich. Ich schätze, auf eine etwas schmuddelige Weise ist er schon ganz süß. Selbst Colette hat jemanden. Alle außer mir stiegen die Stufen hoch.

»Willst du mit?«, fragte die Busfahrerin.

Erst jetzt merkte ich, dass ich einfach nur dastand und ins Leere starrte. »Nein«, sagte ich. »Ich ... ich bin ...« Ich dachte, dass es interessant sein müsste, einen Tag lang

Colette zu sein und alles nach Lust und Laune zu tun ohne sich um die anderen zu scheren und auf ihre Gefühle Rücksicht zu nehmen. Nur aus Ecken und Kanten zu bestehen, aus allem ein Drama zu machen und Laufmaschen in Strumpfhosen zu reißen oder wie Anne Marie das gemeint hatte. Die anderen dazu zu zwingen, zur Abwechslung mal *mich* mit Samthandschuhen anzufassen. Mir den Nabel piercen zu lassen. An der Bushaltestelle rumzuknutschen. Ja, von wegen.

»Sie ist erst in der siebten Klasse«, rief Devin innen im Bus.

»Ich bin groß für mein Alter«, erklärte ich.

»Ach«, sagte die Busfahrerin.

»Vielen Dank«, sagte ich, als sie die Türen schloss. Ich bedanke mich wirklich zu viel.

Der Bus fuhr davon. Bay und Lauren, ihre beste Freundin, winkten mir vom Heckfenster zu. Ich winkte zurück und wünschte mir sehr, dass CJ von meiner Bushaltestelle aus fahren würde oder dass Tommy und Jonas kämen. Ich hatte nichts anderes zu tun als zu warten, und zwar ganz allein. Ich kann's nicht ausstehen, wenn ich mich ausgeschlossen fühle.

4

»Sehen die Leute aus der Sechsten nicht total winzig aus?«, fragte CJs Freundin Morgan. »Ist es zu fassen, dass wir letztes Jahr noch so klein waren?«

»Ich nicht«, sagte ich.

»Und ich bin's immer noch«, sagte Olivia Pogostin. Sie ist eins fünfundvierzig groß und wiegt zweiunddreißig Kilo, was manchmal nur schwer zu ertragen ist, aber sie ist offen und aufrichtig und bei ihr zu Hause gibt es einen Billardtisch, deshalb war sie immer beliebt. Sie ist zu einem Viertel Filipina, zu einem Viertel schwarz und zur Hälfte weiß. Ihr Schließfach sperrt sie mit einem Schlüssel auf, den sie an ihrem Schlüsselbund hat. Wir anderen haben Kombinationsschlösser und sind einfach bloß weiß.

»Wir warten an der Mauer auf euch«, rief Tommy im Vorbeigehen.

»Spitze!«, rief ich zurück.

Morgan pustete sich die Ponyfransen aus den Augen und fragte: »Kommen sie etwa mit?«

»Wenn ihr einverstanden seid«, sagte ich.

Eine Weile sagte niemand etwas. CJ und Morgan schauten sich an.

»Ich kann ihnen sagen, sie sollen's vergessen«, bot ich an. »Aber was macht es schon, wenn sie mitkommen?«

»Nein«, sagte Morgan. »Von mir aus gern.«

»Von mir aus auch«, stimmte CJ zu.

»Und hinterher«, schlug ich vor, »können wir vielleicht noch zur Pizzeria?«

CJ lächelte mir zu.

»Du magst die Pizza dort?«, fragte Morgan. »Die ist so matschig.«

»Das ist mir egal«, sagte ich.

»Ich finde, das ist eine tolle Idee«, flüsterte CJ.

Olivia schlug die Tür ihres Schließfachs zu und sagte: »Viel Spaß beim Einkaufen.«

»Viel Spaß beim Kieferorthopäden«, gab ich zurück.

»Ja, den hab ich ganz bestimmt. Hey, wollt ihr drei hinterher noch bei mir vorbeikommen?«, fragte sie. »Gegen Viertel nach vier müsste ich eigentlich fertig sein.«

»Klingt gut«, sagte ich.

Ich spiele leidenschaftlich gern Billard. Auch Morgan und CJ wollten kommen. Mir fiel auf, dass Tommy und Jonas nicht eingeladen wurden, aber ich sagte nichts. Die anderen sollten nicht glauben, dass ich über den Sommer wild auf Jungs geworden wäre. Für Olivia sind Mädchen, die immer nur Jungs im Kopf haben, erbärmliche Geschöpfe.

»Drückt mir die Daumen!«, sagte Olivia und lief zum Haupteingang.

»Alles Gute!«, schrie ich ihr nach.

Als Olivia hinter der Ecke verschwunden war, sagte

CJ: »Olivia hat meiner Mutter gesagt, dass sie vielleicht doch keine Zahnspange braucht. Jedenfalls hofft sie das.«

Morgan und ich schüttelten den Kopf. Alle wussten, dass Olivia eine Zahnspange bekommen würde. Ihre Zähne drängen sich zu dicht aneinander.

Wir gingen hinaus, um uns mit den Levit-Jungen an der Mauer zu treffen. Ich war heilfroh, bei diesem tollen Wetter nach draußen zu kommen. Es war so sonnig und warm, dass sich Morgan und CJ in der Mittagspause lieber unter die Kastanie gesetzt hatten als einen Ball herumzukicken. Aber Olivia hatte mitgespielt und Roxanne auch. Ich war nicht das einzige Mädchen gewesen.

»Alles klar?«, erkundigte sich Morgan bei den Jungen. Sie sprangen von der Mauer herunter und wir machten uns auf den Weg. Morgan und CJ schienen voll und ganz damit einverstanden zu sein, dass Tommy und Jonas mit von der Partie waren. Das freute mich. Wir waren ja nicht mehr in der vierten Klasse, wo wir Läuse befürchten mussten oder so. Es gab keinen Grund, warum wir nicht alle befreundet sein konnten.

Jonas fragte Morgan: »Meinst du, wir müssen dieses Jahr wieder *Wenn die roten Rosen kotzen* singen?«

Morgan lachte und pustete sich die Ponyfransen aus den Augen. Sie und Jonas sind im Schulchor und machen sich immer über die Lieder lustig, die Mrs Bauman aussucht. Die beiden liefen in einem Affentempo vorneweg und dachten sich für die schmalzigen Chorlieder boshafte

neue Texte aus. CJ und Tommy spielen mit mir im Orchester, also gingen wir drei zusammen.
»Dürfen wir diese Stifte nehmen, die man wieder löschen kann?«, fragte Tommy.
»Die kann ich nicht ausstehen«, sagte CJ. »Damit schmiert man sich die ganzen Hände voll.«
»Ja«, sagte Tommy. »Aber man kann sich's noch mal überlegen und ändern.« Er kickte einen Stein aus dem Weg. »Trägst du die Haare auch manchmal offen?«
CJ wurde rot und gab keine Antwort. Ich sprang für sie ein. »Mit offenen Haaren sieht sie irre aus.«
»Weil du sie immer zum Knoten hochsteckst. Das sieht so streng aus.« Auch ihm schoss die Röte ins Gesicht. Ich kenne ihn schon ewig, aber das war das erste Mal, dass er rot wurde. Bei meinen Haaren ist er noch nie rot geworden. Ganz egal, was Colette meint – meine Haare sind ganz offensichtlich langweilig.
»Das ist fürs Ballett«, sagte CJ.
»Aber im Augenblick tanzt du doch gar nicht«, stellte Tommy fest.
»Sie stehen so ab, wenn sie offen sind«, murmelte CJ und griff sich ins Haar. Eine Weile gingen wir schweigend weiter. Ich wollte Tommy einen Stein zukicken, aber er war so schwer, dass ich ins Stolpern geriet. »Hoppla«, sagte ich. Die beiden sagten nichts.
Als wir im Kaufhaus in die Schreibwarenabteilung kamen, luden sich Morgan und Jonas bereits ihre Einkaufskörbe voll. Ich holte meine Liste hervor und machte mich daran, die Sachen zusammenzusuchen. Als ich fer-

tig war, stellte ich mich an der Kasse an. CJ stand gleich hinter mir. Sie ist auch ziemlich schnell. Während wir warteten, schauten wir in den Glaskasten neben uns, in dem Schmuck ausgestellt war.
»Was gefällt dir am besten?«, fragte CJ mit ihrer leisen Stimme.
Ich zeigte auf einen silbernen Ring mit einem Knoten darin.
»Mir auch«, flüsterte sie. Wir rückten ein Stück vor. »Sieht wie ein Freundschaftsring aus, nicht?«
»Ja«, flüsterte ich zurück. »Eindeutig. Ein Freundschaftsring.«
»Neunundzwanzig Dollar«, sagte sie.
»Man kann in Raten zahlen.« Ich zeigte betont lässig auf das Schild, das die GÜNSTIGE GELEGENHEIT verkündete: RATENKAUF MÖGLICH! HEUTE MITNEHMEN, SPÄTER ABZAHLEN!
»Am Samstag krieg ich Taschengeld«, sagte CJ.
»Ich auch.« Wenn CJ wollte, würde ich auf der Stelle meine Schulsachen vergessen und von Moms Geld stattdessen Ringe kaufen. Papier konnte ich mir leihen.
»Wie's aussieht, würde jede von uns zehn Dollar als Anzahlung brauchen.« Sie zeigte auf das Kleingedruckte auf dem Schild. Ich nickte. Sie auch.
Morgan kam an und stellte sich zwischen uns. »Oooh, Freundschaftsringe«, flüsterte sie. »Welche gefallen dir am besten, CJ?«
CJ zeigte auf unsere, die mit dem Knoten.

»Das wusste ich.« Morgan lächelte. »Schön. Die mag ich auch am liebsten.«

»Toll«, sagte CJ.

Weil ich nicht wusste, was ich mit mir anfangen sollte, räumte ich in meinem Einkaufskorb herum, nahm die Packung mit den Stiften von den Heftern herunter.

»Okay«, sagte CJ und klopfte mir auf den Arm. »Du bist dran.«

»Ach so!« Ich kippte schnell meinen Kram auf die Verkaufstheke. Die Packung mit den Stiften rutschte hinter die Theke und fiel Mrs Dodge vor die Füße. »Entschuldigung!« Ich steckte meine Liste ein und versuchte das Geld hervorzuziehen, das Mom mir gegeben hatte. Aber meine Jeans waren so eng, dass ich Probleme hatte, in die Tasche zu langen.

»Wer hält denn da den Betrieb auf?«, rief Tommy.

»Sei bloß still, du!«, rief ich zurück.

Schließlich riss ich mich zusammen und bezahlte. Dann lehnte ich mich draußen an den Mauervorsprung und wartete auf die anderen. Jonas kam als Letzter. Auf dem Weg bis zur Pizzeria zog Tommy ihn damit auf, was für eine große Sache er aus der kleinsten Entscheidung macht.

»Ich möchte jedenfalls nicht mit einem falschen Geodreieck dasitzen«, sagte Jonas und zuckte mit den Schultern. Er ist ein sehr ernsthafter Mensch.

»Ja«, gab Tommy zurück. »So was kann einem echt das ganze Jahr versauen.«

Wir drängten uns in die Pizzeria und steuerten auf einen Tisch ziemlich weit hinten zu. Die Jungen rutschten auf den Sitzbänken durch, dann ließ sich CJ neben Tommy nieder und Morgan setzte sich neben Jonas. Für mich war kein Platz mehr frei. Ich stand allein an der Schmalseite des Tischs.

Sie redeten alle munter drauflos. Niemandem fiel auf, dass an dem Tisch nur Platz für vier Personen war. Ich setzte ein gezwungenes Lächeln auf und sagte: »Hallo, ich heiße Zoe und bin Ihre Bedienung.«

»Willst du dich mit dazuquetschen?«, fragte CJ und rückte ein Stück zur Seite. Für eine Backe wäre auf der Bank Platz gewesen, aber nie im Leben hätte ich mit beiden Backen darauf sitzen können.

»Nein. Ich hol mir einen Stuhl«, sagte ich. Dann drehte ich mich um und hielt Ausschau. Ich musste den ganzen Weg bis zum Fenster vorne am Eingang zurück. Der Stuhl quietschte laut, als ich ihn quer durchs Restaurant schleifte.

Die Kellnerin stand oben am Tisch, wo ich gerade gewesen war, daher konnte ich mich noch nicht setzen. Sie drehte sich zu mir um und fragte: »Und du?«

Ich wusste nicht, was die anderen bestellt hatten. »Ein Stück Pizza, bitte. Ohne Extras. Und ein Ginger-Ale.«

Sie ging und ich setzte mich. Dort, wo eigentlich meine Beine hingehörten, war ein Pfosten unter der Tischplatte. Ich musste die Beine um ihn spreizen, als wollte ich ein Pferd besteigen. »Habt ihr alle was Leckeres bestellt?«, fragte ich.

CJ nickte und schaute dann wieder zu Tommy hinüber, der gerade erzählte, wie er seinem kleinen Cousin

Zachary am Samstag sämtliche Dinosaurier beigebracht hatte.
Ich stand auf; der Stuhl kratzte quietschend über den Boden. Die vier sahen zu mir hoch. »Ich geh nur schnell aufs Klo«, sagte ich. Meine Stimme dröhnte viel zu laut.
»Ich sag dem Fernsehen Bescheid«, sagte Tommy. Ich schätze, ich hatte ihm seine Geschichte verpatzt.
»Haha.« Ich schlängelte mich an der Theke zur Damentoilette vorbei, ging in die Kabine und schlug die Tür zu schnell hinter mir zu. Mein Kopf war noch draußen. Ich hatte ihn zwischen Tür und Kabinenwand eingeklemmt.
»Aua!«, schrie ich. Zum Glück hat mich niemand gesehen. Was war ich doch für ein Trampel! Wer klemmt sich schon den eigenen Kopf in der Tür ein?
Als ich hinterher aus der Kabine kam und mir die Hände wusch, stand Mrs Dodge aus dem Kaufhaus neben mir. Ohne die Theke, die sie von den anderen trennte, sah sie ganz anders aus. Irgendwie verwundbar. So als könnte ich sie mühelos umschmeißen. Was ich natürlich nicht machen würde. Wieso sollte ich jemanden umschmeißen, noch dazu eine alte Dame? Ich betrachtete mich im Spiegel, um festzustellen, ob ich auch von außen wie die arme Irre aussah, als die ich mich innen drin fühlte. Lange, blonde Haare mit Mittelscheitel, spitze Wangenknochen und spitzes Kinn, blaue Augen. Keine Sahneschnitte und keine arme Irre. Das war nur ich – mit einer Beule überm rechten Auge von der Klotür, aber immer noch absolut erkennbar.
»Sind wir zufrieden?«, fragte mich Mrs Dodge.

Ich glaube, darauf antwortete ich nur mit: »Hä?« Ich stellte das Wasser ab und langte nach einem Papierhandtuch. Im Spiegel waren ihre Augen auf mein Gesicht geheftet. Ich konnte den Blick nicht abwenden.

»Mit dem, was wir sehen«, sagte sie. Dann ging sie hinaus.

Ich betrachtete mich wieder im Spiegel. Zufrieden? Ich weiß nicht. Ich saugte die Backen nach innen, damit ich mehr wie Devin aussah. Dann streckte ich mir die Zunge raus. Krieg dich wieder ein, Zoe. Was ist in letzter Zeit nur los mit dir? Das musste an der Beule am Kopf liegen.

Als ich wieder zum Tisch zurückkehrte, standen dort eine Literflasche 7UP mit vier Plastikbechern und eine Dose Ginger-Ale. »Ich wusste nicht, dass wir eine große Flasche nehmen«, sagte ich, machte meine Dose auf und steckte den Strohhalm hinein. »Hey, eben ist mir vielleicht was Verrücktes passiert.«

Aber da kam die Pizza und alle griffen nach Servietten und Pfeffer und Knoblauch und niemand interessierte sich für mein Abenteuer auf dem Klo. Ich spreizte die Beine um den Pfosten unter der Tischplatte und verputzte mein matschiges Pizzastück.

5

Als wir zu Olivia nach Hause kamen, kippte sie eine Tüte Kartoffelchips in eine große Holzschüssel und wir gingen damit ins Untergeschoss.

»Wie ist es gelaufen?«, fragte ich Olivia.

»Frag nicht«, sagte sie. »Und bei euch?«

»Super«, sagte ich. Aber mir fiel auf, dass CJ und Morgan sich ansahen und mit den Schultern zuckten. Da hielt ich lieber den Mund.

»Möchtest du dir Shorts leihen?«, bot Olivia mir an.

»Ja, und über welchen Körperteil soll ich deine Shorts ziehen?«

»Ich hab auch weite oder du kannst ein Paar von Dex anziehen.«

»Nein, danke«, sagte ich. Dex ist ihr dreizehnjähriger Bruder, der einfach umwerfend aussieht. Seine Shorts würden mir vermutlich passen. »Mir wird nie zu heiß.«

»Wirklich?«, fragte Morgan. »Ich benutze ein Deo, weil ich so viel schwitze.«

»Ich auch«, sagte CJ.

»Ja?«, fragte ich, den Mund voller Chips. »Du siehst viel zu unschuldig aus, um ein Deo zu brauchen.«

»Beim Tanzen schwitze ich eimerweise«, sagte CJ.

»Nimmst du keins?«

»Doch, schon«, sagte ich. »Aber ...«

»Warum sollte sie?«, fiel Morgan mir ins Wort. »Wenn ihr nicht heiß wird.«

»Wollen wir Billard spielen oder uns über meinen Achselschweiß unterhalten?«, fragte ich. Ich kann's nicht ausstehen, wenn über mich geredet wird.

Wir gingen zum Tisch und bauten die Kugeln auf und bildeten die Teams: CJ und ich gegen Morgan und Olivia. Ich weiß, dass Olivia mir etwas Gutes tun wollte, als sie mir die Shorts ihres Bruders anbot, aber manchmal gibt sie mir das Gefühl, als würde ich dauernd irgendwo dagegen rennen.

Morgan verpatzte den Eröffnungsstoß. Dabei lieferte sie eine komische Vorstellung – schlug mit dem Kopf auf den Tisch und bat darum, nach draußen gebracht und von ihrem Elend erlöst zu werden. Das war richtig erbärmlich. Früher hab ich sie für witzig gehalten.

Ich kam als Nächste dran und versenkte die Zwei, also spielten CJ und ich die Vollen. Ich kriegte auch die Vier rein, verfehlte aber die Fünf. CJ sagte: »Echt stark, Partner.«

Darüber freute ich mich sehr, aber ich versuchte mir nichts anmerken zu lassen. »Ich bitte dich!«, sagte ich.

Olivia kriegte einen sehr schwierigen Stoß über die Bande spitzenmäßig hin, aber der Tisch gehört ihr, also ist es nur logisch, dass sie gut ist. Ich beschloss mir deshalb keinen Kopf zu machen. Ich selbst bin nämlich auch ganz gut.

»Ich bin eine lausige Spielerin«, sagte CJ zu mir. »Sei nicht sauer.«
»Du bist bestimmt gut«, versicherte ich ihr und hoffte, dass ich Recht hatte, denn Olivia versenkte gerade die Vierzehn in der Ecktasche.
»Das macht nichts«, sagte Morgan zu CJ. »Dadurch werden die Teams ausgeglichen, ich bin nämlich noch viel lausiger.« Sie pustete sich die langen Ponyfransen aus den Augen. Letztes Jahr reichte ihr Pony nicht mal bis zu den Augenbrauen. Jetzt sieht er viel besser aus, auch wenn sie die Haarsträhnen dauernd aus dem Gesicht pusten muss.
»Kann gar nicht sein«, sagte CJ. »Du hast mich noch nicht erlebt.«
Schließlich ging auch Olivia ein Stoß daneben und CJ kam an die Reihe. Sie gab sich gar keine richtige Mühe. Der Spielball sprang vom Tisch und kam zur Ruhe ohne irgendwas berührt zu haben. CJ lachte. Morgan lachte mit.
»Du hast Recht«, sagte Morgan zu ihr. »Du spielst wirklich lausig.«
Daraufhin kriegten sich alle beide gar nicht mehr ein vor Lachen.
Ich hätte ihr gern gezeigt, wie man das Queue richtig hält, aber ich beherrschte mich. »Das macht doch nichts«, sagte ich zu ihr.
Morgan und CJ lachten nur noch mehr. Morgan stieß die nächste Kugel und haute aus Versehen die Fünf rein, die zu den Vollen gehört. Sie und CJ fielen sich in die

Arme und stützten sich gegenseitig, weil sie so lachen mussten.

»Vielen Dank«, sagte ich.

»Gern geschehn«, gab Morgan zurück. Sie blies sich die Ponyfransen aus den Augen und schüttelte den Kopf.

Sie hatte mir die Sieben auf dem Präsentierteller serviert. Ich hatte leichtes Spiel damit, sie in der Seitentasche zu versenken. Nachdem ich sie hineingeschubst hatte, hörte CJ auf zu lachen, sagte: »Wahnsinn«, hielt mir die Hand hin und wir klatschten ab. Ich schielte zu Morgan hinüber, die mich böse anfunkelte und den Blick dann abwandte. Sie steht breitbeiniger da als die meisten Menschen. Es machte mich nervös, dass sie plötzlich so zornig wirkte.

»Ja, aber was soll ich jetzt machen?«, fragte ich. Damit wollte ich das Gelächter wieder beleben und diesmal daran beteiligt sein.

Morgan zeigte auf die Drei, lächelte aber nicht zurück.

»Meinst du?« Ich gab mir alle Mühe, freundlich zu ihr zu sein. Morgan ließ den Blick an mir vorbei zu CJ schweifen und fragte: »Findest du nicht auch, dass Jonas allmählich ganz schön komisch aussieht?«

»Nein«, gab ich zurück. Ich ging um Morgan herum und visierte die Drei für einen Stoß über die Bande an. »Er sieht so aus wie immer.« Ich wollte nicht, dass sie böse auf mich wurde, aber Jonas ist mein Freund. Ich konnte es nicht zulassen, dass sie über ihn herzog.

»Wenn er geht, sieht das mehr und mehr nach einem Huhn aus.« Morgan machte seinen Gang nach und ich musste zugeben, dass ihre Vorstellung sowohl nach Jonas als auch nach einem Huhn aussah. CJ lachte darüber, was mir nicht gefiel. Auf einmal war es so, als machten CJ und Morgan Front gegen Jonas und mich, während Olivia neutral blieb. Gerade jetzt, wo ich so glücklich war, dass ich mit CJ ein Team bildete. Ich wusste nicht, ob ich mir ein Lachen abringen sollte oder nicht. Am liebsten wäre ich nach Hause gegangen.

»Er ist nicht so süß wie Tommy, aber er ist echt nett«, sagte CJ. »Kaum zu glauben, dass sie Zwillinge sind.«

»Wenn du einen von ihnen küssen müsstest«, fragte Morgan, »wen würdest du nehmen?«

Ich spielte die Drei an, aber sie lief zu weit.

Olivia versenkte die Neun und sagte: »Kein Interesse.«

»Hmmm«, sagte CJ. »Dann würde ich wohl Tommy küssen.«

Ich gab ihr einen Schubs. »Auf keinen Fall«, sagte ich.

»Magst du ihn denn? Ich meine, *magst* du ihn? So im Sinn von gern haben?«

Oh, nein.

»Sie hat gesagt, wenn wir *müssten*«, erklärte CJ. »Wen würdest du nehmen?«

Olivia kam um den Tisch und trat zu mir. »Lässt du mich mal ran?«, bat sie. Nachdem ich beiseite getreten war, machte sie ihren Stoß. Die Fünfzehn blieb am Rand der Seitentasche liegen und wackelte hin und her. Olivia versuchte es mit Pusten, hatte aber kein Glück damit.

»Na?«, fragte mich CJ noch mal. »Wen würdest du küssen?«

»Du bist dran«, erinnerte ich sie. Was sollte ich schon sagen, nachdem sie sich gerade für Tommy entschieden hatte? Sollten wir uns darum duellieren, wer ihn kriegt?
Während sie sich über den Tisch beugte und einen unmöglichen Stoß anvisierte, sagte ich: »Ich bin mit beiden befreundet.« Das sage ich immer. Und ich glaube, es trifft auch immer noch zu.
»Ach«, sagte CJ. Sie haute gewaltig daneben, wandte sich dann an Morgan und fragte: »Wen würdest du küssen?«
»Keinen«, sagte Morgan. Sie lag praktisch schon auf dem Tisch, um an den Spielball heranzukommen. »Ich hasse sie alle beide.« Auch sie traf daneben.
CJ balancierte auf dem Queue und machte vor Morgan eine Arabesque*. »Und wenn dich jemand mit vorgehaltener Knarre zwingen würde?«
»Du bist dran«, sagte Olivia zu mir. Ich traf die Drei im richtigen Winkel und versenkte sie. Auch die nächsten beiden bekam ich hinein. Dann rief ich die Acht und die Tasche auf der anderen Seite auf und versenkte auch diese Kugel.
»Allererste Sahne!«, sagte Morgan, obwohl sie gerade verloren hatte. Man konnte verstehen, warum CJ sie zu ihrer besten Freundin gemacht hat – sie ist ein guter Kumpel. Als ich sie letztes Jahr mit Tommy zusammenbrachte, sagte er: »Ja, alles klar, sie ist ein guter Kumpel.«

* Tanzpose auf einem Standbein, bei der das andere Bein völlig gestreckt nach hinten gehoben wird. (Anm. d. Ü.)

Das hatte ich schon immer an ihr gemocht. Ich hatte sie immer gemocht.

»Ich hab eben Glück gehabt«, sagte ich, weil ich auch ein guter Kumpel sein wollte. Ich hätte ihnen gern erzählt, wie ich diesen letzten Stoß angepeilt hatte, aber niemand kann es leiden, wenn jemand sich an seinem Sieg weidet, also hielt ich mich zurück und wir gingen alle zum Eisessen nach oben.

CJ glitt anmutig auf einen Stuhl und setzte sich mit gespreizten Beinen. Sie macht das fürs Ballett. Das hat sie mir an dem Morgen gesagt, nachdem ich bei ihr übernachtet hatte. Balletttänzerinnen müssen dauernd die Knie nach außen drehen, um ihre Auswärtsdrehung zu verbessern. Ich verkniff es mir, Morgan und Olivia zu erklären, warum CJ sich so hinsetzt. Morgan wusste wahrscheinlich ohnehin schon längst, was Auswärtsdrehung bedeutet. Schließlich ist sie seit der vierten Klasse die beste Freundin von CJ.

Als ich mich setzen wollte, stieß ich mit der Hüfte an die Stuhllehne. Der Stuhl kippte um, aber ich konnte ihn noch auffangen, bevor er zu Boden fiel. Ich plumpste darauf nieder und versuchte meine Unbeholfenheit als Absicht darzustellen. »Bin ich nicht superanmutig?«, sagte ich und machte einen Spaß daraus.

»Alles in Ordnung mit dir?«, fragte CJ.

»Mir geht's bestens«, sagte ich. *Ich muss nur gerade ans Knutschen an der Bushaltestelle denken*, dachte ich. *Ich versuch nur gerade, Morgans Blick auszuweichen.*

Olivia stellte vor jede eine Schale mit Eis und Waffeln

hin. Ich langte sofort zu und bemerkte erst dann, dass Morgan und CJ warteten, bis Olivia sich gesetzt hatte. Ich schluckte den ganzen Brocken auf einmal hinunter, damit sie mich nicht kauen sahen. Das Eis brannte mir in der Kehle und der Hals tat mir weh davon.

Morgan wippte mit dem Stuhl nach hinten und sagte: »Das war ganz schön egoistisch von den Jungs, meint ihr nicht?«

»Was denn?« Ich versuchte mir den Hals zu reiben, ohne dass die anderen etwas davon merkten.

»Dass sie ihre Mutter nicht gebeten haben uns herzufahren.«

»Es ist doch nur ein Stück die Straße runter«, sagte CJ.

»Trotzdem«, sagte Morgan. Sie lud sich den Löffel voll. Ich freute mich darüber, dass sie so eine große Portion nahm, aber dann leckte sie nur daran, als wär's ein Eis am Stiel.

»Stimmt schon, sie hätten fragen können«, gab CJ ihr Recht.

Olivia stand auf und holte Schokostreusel. Mit dem Rücken zu uns murmelte sie: »Du bist nur sauer, weil er dich geküsst hat.«

»Tja, Tommy ist eben voll der Platzhirsch«, sagte Morgan. Alles lachte.

»Wie hat er dich eigentlich geküsst?«, fragte Olivia.

»Heftig«, sagte Morgan. »Aber ich hab ihn abblitzen lassen und über den Schmerz im Kiefer bin ich hinweg. Es ist immerhin sieben Monate her. Ich hab nur gemeint, es wäre nett gewesen ...«

»Nett wär's gewesen«, bestätigte Olivia. »Wer möchte noch Schokostreusel?«
»Ich«, sagte ich. Sonst bat niemand um mehr. Ich sank auf meinem Stuhl ein bisschen in mir zusammen.
»Also«, sagte Morgan und pustete sich wieder die Ponyfransen aus ihren dunklen Augen. »Ich bin dafür, dass wir ihnen Benimm beibringen.«
»Wie?«, fragte CJ.
»L. l. l.«, flüsterte Morgan.
Olivia beugte sich zu ihr vor. »Was ist das?«
»Links liegen lassen. Sollen sie sich mal überlegen, warum wir nicht mehr mit ihnen reden. Vielleicht lernen sie daraus etwas fürs nächste Mal.«
»Und wenn *sie* mit *uns* reden?«, fragte ich. »Ich meine, sie fahren im selben Bus wie ich.«
»Du musst ja nicht mitmachen, wenn du nicht willst«, sagte Morgan und runzelte die Stirn. »Aber das funktioniert nur, wenn wir alle zusammenhalten.«
Olivia zuckte mit den Schultern. »Ich bin gar nicht richtig mit ihnen befreundet.«
»Darum geht's nicht«, sagte CJ.
»Das hab ich auch nicht behauptet«, fauchte Olivia. Ihre Mütter sind beste Freundinnen. Manchmal haben Olivia und CJ eine enge Beziehung, zum Beispiel wenn sie zusammen in Ferien waren. Aber dann wieder zanken sie sich, so wie das früher bei Anne Marie und Bay immer war. Sie wissen zu viele Einzelheiten über die Familie der anderen.
»Also, ich bin dabei«, sagte CJ und schaute mich an. Ich

war nicht sauer auf die Jungs und außerdem sind sie meine Freunde. CJ legte den Kopf leicht schräg, so wie sie es gemacht hatte, als sie die Ringe in dem Schaukasten im Kaufhaus betrachtet hatte. Sie wartete auf meine Antwort, ob ich mitmachen würde. Morgan war sowieso dazu bereit.

Ich ließ den halb vollen Löffel Eis vom Mund in das grüne Schälchen zurückgleiten. »Okay, ich mach mit.«

Eine Hupe ertönte – das war CJs Mutter, die uns abholen kam. Olivias Mutter lief aus ihrem Arbeitszimmer zum Auto und steckte den Kopf durchs Fenster. Ihre langen, schwarzen Haare waren zu einem Zopf geflochten, der ihr den Rücken hinunterhing. Wir hatten noch nicht aufgegessen, mussten die Schälchen jetzt aber schnell ins Spülbecken stellen. Das war ein Jammer. Das Eis war nämlich lecker und in Wirklichkeit schwitzte ich natürlich schon ganz schön. Ich hatte das nur gesagt, um nicht Shorts vom großen Bruder verpasst zu bekommen.

»War's schön?«, fragte Mrs Hurley, als wir drei uns auf dem Rücksitz niederließen und Olivia zuwinkten.

»Ja«, sagte CJ. »Tschüs, Tante Betsy!« Sie warf Mrs Pogostin eine Kusshand zu. Die Familien sind nicht wirklich verwandt, sondern nur befreundet. Vielleicht könnte ich *Tante Joan* zu Mrs Levit sagen. Haha.

Als sie losfuhr, fragte Mrs Hurley: »Na, wie war's? Was habt ihr gemacht?« Meine Mutter fragt das nie. Sie will immer nur wissen, ob ich mich auch bedankt habe.

»Nichts«, sagte CJ genau in dem Augenblick, als ich drauf und dran war, mit sämtlichen Ereignissen des

Nachmittags herauszuplatzen. *Es ist so nett von ihr, dass sie sich danach erkundigt*, dachte ich.
»Das war bestimmt sehr lustig«, sagte Mrs Hurley. »Wie ist es bei Olivias Zahnarzttermin gelaufen?«
CJ zuckte mit den Schultern. »Wir haben Schulsachen besorgt und Billard gespielt«, sagte sie. »Zoe war super und Olivia natürlich auch. Ich hab lausig gespielt.«
»Ich auch«, sagte Morgan. Sie lächelten sich an.
»Gar nicht wahr«, sagte ich. »Du warst doch prima.«
Mrs Hurley bog in die Auffahrt vor unserem Haus ein. Ich stieg aus. Es war nur logisch, dass sie mich als Erste absetzte – von Olivia zu mir ist der kürzeste Weg und Morgan wohnt ganz in der Nähe von CJ, praktisch nur ein Stück die Straße runter –, aber ich fühlte mich trotzdem elend. Von den anderen ausgeschlossen.
»Nicht vergessen«, erinnerte mich Morgan und legte den Finger an ihre schmalen Lippen. »L. l. l.«
»Ich werd's nicht vergessen.«
»Ich ruf dich heute Abend an«, sagte CJ.
»Spitze«, gab ich zurück. Ich hatte keine Ahnung, worüber wir reden sollten, nachdem wir gerade den ganzen Tag zusammen verbracht hatten, aber ich freute mich, dass sie mit mir reden wollte.
Ich winkte, als Mrs Hurley rückwärts aus der Ausfahrt fuhr. CJ winkte zurück, aber Morgan wandte sich ab und schaute auf ihrer Seite zum Fenster hinaus.

6

Nach dem Abendessen rief CJ an. Ich suchte nach einer lustigen Geschichte, die ich ihr erzählen konnte. Im hintersten Winkel meines Gehirns dachte ich, dass ich mich vielleicht einfach entspannen und mir zur Abwechslung mal von CJ eine lustige Geschichte erzählen lassen sollte. Aber es ist so ein schönes Gefühl, sie zum Lachen zu bringen, dass ich ihr etwas bieten wollte.

»Weißt du, was beim Essen passiert ist?«, fragte ich.

»Was denn?«

Mir fiel nichts ein. Ich hoffte, dass ich eine Erleuchtung bekommen würde, aber das geschah nicht. Beim Essen war nichts passiert, nichts Besonderes, nichts Interessantes. Wir hatten einfach alle gefuttert – so schnell, wie es nur ging. So ist das bei uns immer, weil man schnell sein muss, wenn man noch Nachschlag haben möchte. Ich lauschte dem Schweigen von CJ, die darauf wartete, dass ich ihr von den Ereignissen beim Abendessen erzählte. Je länger ich nichts sagte, desto weniger fiel mir ein, wie ich mich aus der Sache rauswinden könnte.

»Wir haben gegessen.«

»Ihr habt was?« CJ lachte.

»Dad hat Nudeln mit Fleischklößen gemacht und wir

haben gegessen. Es war das langweiligste Abendessen meines Lebens.« Das stimmte zwar nicht, aber ich fand, dass ich's ein bisschen ausschmücken musste. Wahrscheinlich hat es bei mir zu Hause noch langweiligere Essen gegeben – ich erinnere mich nur nicht daran, weil sie so langweilig waren. »Ich meine«, sagte ich und hoffte, dass mir mitten im Satz noch etwas einfallen würde, »es war immerhin der erste Schultag. Da sollte man doch erwarten können, dass sich beim Essen irgendwas Interessantes tut. Schließlich ist es der letzte erste Schultag, den wir alle zusammen verbringen. Nächstes Jahr ist Anne Marie nicht mehr da.«

»Ach, Zoe«, sagte sie in ihrer langsamen Art. »Stimmt ja. Bist du jetzt deprimiert?«

»Nein«, sagte ich. *Deprimiert* ist ein Wort, das ich noch nie in einem Zusammenhang mit mir gesehen habe. Bei mir ist immer alles bestens. In meiner Familie wird nur Colette deprimiert. Aber vielleicht war mir tatsächlich ein bisschen trübselig zu Mute. Ich hatte mir das nur nicht zugestanden. »Vielleicht.«

»Ja, ich weiß, was du meinst«, sagte CJ.

»Wieso? Bist du auch deprimiert?« Ich kniete mich aufs Sofa und schaute durchs Fenster in den Garten seitlich am Haus. Dort steht ein Baum, an dem eine kaputte alte Schaukel hängt. Sie schwang ganz sacht hin und her, als hoffte sie darauf, dass jemand sie bemerkte und auf ihr schaukelte.

»Nein«, sagte CJ. Und dann: »Vielleicht doch.«

»Warum?«

»Keine Ahnung.«
»Geht es ums Tanzen?«, flüsterte ich. »Um das, was du mir erzählt hast?«
»Nein.« Nach diesem Nein konnte man klar und deutlich den Schlusspunkt hören.
Ich überlegte mir, was ihr sonst noch zu schaffen machen könnte. »Es hat doch nichts mit dem Billardspielen zu tun, oder? Dir fehlt nur ein bisschen Übung.«
»Nein, Billard ist mir egal.«
Ich schaute zum Fenster hinaus, kniff die Augen zusammen und versuchte zu erkennen, ob der Ast die Seile der Schaukel schon ganz überwuchert hatte. »Ach«, sagte ich. Ich konnte nichts sehen. Es war schon zu dunkel.
»Was um alles in der Welt ist das denn?«, hörte ich Dad in der Küche schreien.
»Nichts!«, schrie Colette zurück.
»Ragt hier nicht etwas aus deiner Haut?«
»O Mann«, flüsterte ich.
»Findest du, dass meine Haare scheußlich aussehen?«, fragte CJ.
»Hm«, sagte ich. Ehrlich gesagt hatte ich gar nicht richtig zugehört. Daddy war aus der Küche gestürmt und rief mit gellender Stimme nach Mom.
»Also stimmt es«, sagte CJ. »Du findest meine Haare scheußlich.«
»Nein«, flüsterte ich, »du hast tolles Haar. Und deine Frisur ist immer so perfekt, richtig stilvoll und alles.« Inzwischen war es schon so dunkel, dass ich in der Fensterscheibe mein Spiegelbild sehen konnte. Ich fuhr mir

in meine langen, langweiligen Haare. »Meine hängen einfach nur lasch herunter, bah.«

»Du könntest sie hochstecken«, schlug CJ vor. Dabei hatte ich das nur so gesagt. Bis zu diesem Augenblick hatte ich tatsächlich geglaubt, dass es gut aussah, wie sie so lasch herunterhingen. »Oder auch nicht«, fügte sie hinzu, als ich keine Antwort gab.

Ich sah zu, wie Mom polternd die Treppe herunterkam. Sie packte Colette am Hemd, zog es hoch und enthüllte den kleinen Goldreifen.

»Was hat dieses Kind nur?«, schrie Dad. »Schafft sie zum Psychiater, sie ist komplett verrückt!«

»Ach, Colette«, seufzte Mom. »Das sieht lächerlich aus.«

Die Adern an Dads Hals traten deutlich hervor. »Was hast du dir dabei gedacht?«

»Nichts. Ich hab mir den Nabel piercen lassen«, gab Colette ruhig zurück.

»Was ist denn da los?«, fragte CJ.

»Augenblick mal. Bleib dran.«

»Und du unterstützt sie auch noch dabei?« Jetzt nahm Mom Anne Marie ins Visier.

Anne Marie, die Ärmste, geriet zwischen die Fronten. Sie hielt eine Flasche mit Alkohol in der einen und einen Wattebausch in der anderen Hand. »Es könnte sich sonst entzünden«, sagte sie.

Mom zuckte mit den Schultern, sah Daddy an und sagte: »Das ist eine Entwicklungsphase.«

»Nimm ihn raus«, sagte Daddy zu Colette.

»Nein.« Colette zog ihr Hemd wieder über ihren Bauch hinunter. »Mein Körper gehört mir.«

»Nicht, solange du die Beine unter meinen Tisch streckst!«, brüllte Dad.

»Zoe?«, fragte CJ. »Schreit da jemand?«

»Sekunde noch.«

Mom zeigte zur Treppe. »Colette? Rauf mit dir!«

Dad rief hinter ihr her: »Und dieses Ding ist morgen nicht mehr an deinem Körper! Ich mein's ernst!«

Colette liebt es, auf ihr Zimmer geschickt zu werden. Das hat sie mir im Sommer erzählt. In ihrem Zimmer hat sie es nur mit Bay zu tun, die sie nicht weiter stört. Ich schätze, Bay ist ihre Lieblingsschwester.

Als die Tür zu Colettes Zimmer krachend ins Schloss fiel, sagte Mom: »Dieses Mädchen bringt mich noch ins Grab.« Sie hörte sich leicht amüsiert an.

»Ihr Körper gehört ihr«, wagte sich Anne Marie vor.

»Fang du nicht auch noch an«, warnte Mom.

Dad stapfte in den Garten hinterm Haus. Dort genehmigt er sich manchmal eine Zigarette. Er schwört zwar, dass er aufgehört hat zu rauchen, aber ich hab die Asche gesehen.

»Da bin ich wieder«, flüsterte ich CJ zu.

»War ich in der Warteschleife?« In ihrer Stimme lag kein Lachen. Sie hörte sich wirklich deprimiert an.

»Entschuldige.« Ich überlegte blitzschnell, was ich tun sollte. Mom sagt, man wäscht keine schmutzige Wäsche in der Öffentlichkeit. Das heißt, dass ich anderen Leuten nichts Böses von meiner Familie erzählen darf. Deshalb

sagte ich: »Das war ganz schön unhöflich von Tommy und Jonas, was?«
»Meinst du wirklich?«, fragte CJ. »Morgan sagte, sie ist sich nicht sicher, ob du mit uns einer Meinung bist.«
»Doch.«
»Das hab ich ihr auch gesagt«, sagte CJ.
»Danke.« Sie und Morgan hatten also schon miteinander gesprochen. Na ja, was hatte ich erwartet? Morgan ist ihre beste Freundin.
»Und als Tommy das mit meinem Knoten sagte?«
»Das hat er bestimmt nicht böse gemeint«, sagte ich.
»Ja, schon. Nur bin ich jetzt wegen meiner Haare total deprimiert.«
»Deine Haare sind toll«, versicherte ich ihr noch mal.
»Genau«, sagte sie. »Ich muss mir einen Knoten machen, sonst füllen meine Haare die ganze Klasse aus. Wenn ich sie hochstecke, kann sie niemand als Treppe benutzen. Aber Tommys Bemerkung hat mich ganz schön fertig gemacht.«
»Er hat doch nur …«
»Bist du auf seiner Seite?«
»Nein«, sagte ich.
»Du redest, als wärst du auf seiner Seite«, flüsterte CJ.
»Bestimmt nicht«, versicherte ich ihr.
»Du magst ihn doch nicht, oder?«
Wenn du nur wüsstest. »Nein!«, beteuerte ich. »Also wirklich!«
Ein paar Sekunden lang schwiegen wir beide. Ich hätte sagen sollen: *Ja, es könnte sein, dass ich ihn mag.* Als beste

Freundin müsste ich sie in meine Geheimnisse einweihen. Aber ich konnte es ihr nicht sagen, nicht nachdem sie mich auf eine Weise gefragt hatte, als wäre es der letzte Verrat an ihr, wenn ich ihn mochte. Meine Lüge blieb einfach so stehen und ich lauschte ihr nach.

»Hey«, sagte CJ schließlich. »Wie findest du die Ringe, die wir heute gesehen haben?«

»Schön.«

»Mhm«, brummelte sie.

»Morgan haben sie auch am besten gefallen, nicht?« Diese Frage konnte ich mir nicht verkneifen.

»Ja. Das war komisch.«

»Wirklich«, sagte ich. Oh, ein echter Brüller.

»Ich hab noch mit niemandem Freundschaftsringe getauscht«, flüsterte CJ.

»Noch nicht mal mit Morgan?«

»Nein.«

»Ich auch nicht«, gab ich zurück. »Ich meine, es ist ja klar, dass ich keinen mit Morgan getauscht habe.«

»Ja, klar.«

»Wozu auch? Wo sie doch deine beste Freundin ist.«

»Ja. Jedenfalls, alles Gute morgen beim L. l. l.«

»Ich wollte damit bloß sagen, dass ich auch noch nie einen Freundschaftsring hatte«, sagte ich und legte auf. »Aber«, fügte ich hinzu, »das wirst du dir wohl schon gedacht haben.«

7

Während ich am nächsten Morgen an der Bushaltestelle damit zugange war, Jonas die L.-l.-l.-Behandlung zu verpassen, fragte er: »Was sagst du zu Madame F?«

Ich gab keine Antwort und wandte den Kopf ab, schaute die Straße hoch.

»Was sie gestern gesagt hat«, sagte er.

Ich kam mir albern vor, blieb aber dabei, keine Antwort zu geben. Ich hab noch nie mit jemandem L. l. l. gemacht. Das ist echt schwer.

»In Französisch?«, fügte er hinzu, als brauchte ich genauere Angaben.

Er sollte nicht glauben, dass ich ein kompletter Vollidiot bin. »Was denn?«, fragte ich lässig, so als hätte sie haufenweise Sachen gesagt, die ich verstanden hatte und zu denen ich mich äußern konnte.

»Du weißt schon, dass sie einem jedes Mal, wenn man die Hausaufgaben nicht gemacht hat, einen Viertelpunkt von der Endnote abzieht.«

Das hatte ich überhaupt nicht mitgekriegt. »Raue Sitten«, sagte ich und wandte wieder den Blick ab. *Du darfst nicht mit ihm reden, hielt ich mir vor. Damit er was lernt oder warum auch immer.*

»Und? Hast du deine Hausaufgaben gemacht?«, fragte er.
Ich fing an zu pfeifen.
»Hab ich mir gedacht«, sagte Jonas. »Welche brauchst du denn?«
»Lass nur«, sagte ich und schaute immer noch nicht zu ihm hin. Der Bus hatte Verspätung. Tommy auch. Jonas und ich waren allein. Kein Mensch würde davon erfahren, wenn ich mit ihm sprach. Aber ich wollte Morgan und Olivia und vor allem CJ die Treue halten.
»Mir macht das nichts aus«, versicherte er mir. Er hielt mir ein Blatt hin, auf dem fein säuberlich die Aufgaben standen. Ich glaube, er macht von seinen Hausaufgaben zuerst einen Entwurf und schreibt sie dann ins Reine. So ein Streber.
Ich schaute ihn an. Er hat so ein richtig fröhliches Gesicht mit rosigen Backen und langen Wimpern. Seit ich ihn gestern zuletzt gesehen hatte, war er beim Friseur gewesen. Hinten standen seine Locken ein bisschen ab. Auf einmal merkte ich, dass er auch ganz süß ist, aber wenn ich mit ihm zusammen bin, krieg ich nicht so ein zappliges, nervöses Gefühl. Wir sind nur Kumpel, so wie es früher auch mit Tommy war.
»Nein«, sagte ich.
Er schob das Blatt wieder in einen seiner neuen Hefter. Ein paar Minuten lang standen wir schweigend herum.
Tommy kam angerannt und sagte: »Uff, ich dachte schon, ich wär erledigt.«
Ich schielte zu ihm hinüber und schaute dann schnell wieder weg.

»Mit Zoe stimmt was nicht«, sagte Jonas.
»Was denn?«
»Keine Ahnung.«
»Was stimmt denn nicht mit dir?«, erkundigte sich Tommy bei mir.
Ich musste lachen. »Halt die Klappe«, sagte ich. »Mit mir ist alles in Ordnung.«
»Sie sagt, mit ihr ist alles in Ordnung«, teilte Tommy Jonas mit.
Ich kam mir ziemlich blöd vor. Mit zusammengekniffenen Augen schaute ich immer weiter die Straße hoch.
»Ich weiß auch nicht«, sagte Jonas. »Ich schätze, sie interessiert sich brennend dafür, wo der Bus bleibt.«
Ich prustete wieder los. »Ihr seid vielleicht Typen!«
»Wieso denn?«
Ich drehte mich um und sah, dass die beiden mich mit totalem Unschuldsblick anschauten. Ich ließ meine Schulsachen fallen und schubste Tommy mit der linken und Jonas mit der rechten Hand. Tommy schmiss seine Sachen ebenfalls hin und machte sich dazu bereit, richtig loszulegen. Ich hielt abwehrend die Hand hoch. Ich hatte nämlich ein weites, gelbes Top von Anne Marie an und sie würde mir den Hals umdrehen, wenn ich mit Tommy raufte und dabei Grasflecken abbekam. Und ich will nicht, dass er mit mir umgeht wie mit einem Jungen. Was würde mir das schon bringen?
»Es wäre nett gewesen, wenn ihr dafür gesorgt hättet, dass wir zu Olivia gefahren werden.«
»Was?«, fragte Tommy.

Der Bus kam in Sicht und rumpelte heran. »Gestern«, sagte ich.

»Wenn ihr gefahren werden wolltet, hättet ihr's nur sagen müssen«, sagte Jonas. »Wir waren noch beim Friseur. Unserer Mutter hätte es nichts ausgemacht, euch zu fahren.«

Damit hatte er Recht. Mrs Levit fährt alle Welt bereitwillig durch die Gegend. Sie hat gern Leute um sich, vor denen sie ihr Privatleben ausbreiten kann.

»Ja, aber ...«, sagte ich. »Und Tommy hat CJ mit ihrem Knoten aufgezogen.«

Die Bustüren gingen quietschend auf. Jonas stieg als Erster ein. Hinter mir kam Tommy und bohrte mir seinen Finger in die Schulter. »Ich hab sie mit ihrem Knoten nicht aufgezogen. Ich hab sie nur danach gefragt.« Er setzte sich neben Lou Hochstetter.

Darauf wusste ich keine Antwort.

»Hübscher Haarschnitt«, sagte ich, während ich mich neben Jonas setzte, nur durch den Mittelgang von Tommy getrennt.

»Hübsches Knie«, gab Tommy zurück.

»Danke.« Ich lächelte ihm zu und bemühte mich dabei, mein Zahnfleisch nicht zu zeigen, damit ich besser aussah. Das Knie schob ich ganz an den Vordersitz heran, so dass niemand sehen konnte, wie zerschrammt es noch war. Vielleicht, so redete ich mir ein, hat er's ja wirklich ernst gemeint, dass ich hübsche Knie habe. Das war zwar reichlich unwahrscheinlich, aber ich hatte das mit dem Haarschnitt auch ehrlich gemeint, also bestand vielleicht eine Chance. Ich schaute zu ihm hinüber. Er sah zum Fenster hinaus und trommelte mit den Fingern auf seinem Ringbuch herum. Der Haarschnitt war hübsch. Sehr hübsch. Auch das noch.

8

Ein Glück, dass ich trotz meiner verschorften Wunde Shorts anhatte – der zweite Schultag ließ sich noch heißer an als der erste. Die restliche Busfahrt schwitzte ich stumm vor mich hin. Als wir schließlich vor der Schule anhielten, sah ich CJ und Morgan nebeneinander auf der Mauer sitzen und aufs Klingeln warten. Letztes Jahr hatten dort immer die beliebtesten Siebtklässler gesessen. Ich schoss zu ihnen hin und war heilfroh von den Jungs wegzukommen.

Mrs Pogostin setzte Olivia und Dex ab. Wir winkten Olivia zu und sie sauste zu uns herüber. Dex mischte sich unter einen Haufen anderer Achtklässler, die Trefferball spielten. Ein Teil von mir hätte gern mitgespielt – ich bin ziemlich gut in Trefferball, weil ich so groß bin. Aber ich wollte nicht das einzige Mädchen sein. Ich lerne dazu!

Olivia schaffte es nicht auf die Mauer, also sprang ich runter, half ihr hinauf und kletterte dann selbst wieder hoch. Als Mr Luse Roxanne absetzte, kam auch sie angelaufen und drückte dabei ihre Brille auf die Nase.

Das erste Klingeln ertönte und die Kinder, die in der Schule ein kostenloses Mittagessen kriegen, stürzten ins Gebäude, weil sie vor dem Unterricht ein Brötchen oder sonst irgendwas aus der Cafeteria bekommen. Von uns rührte sich keine. Wir konnten uns Zeit lassen.

»Hast du Französisch gemacht?«, fragte mich Roxanne.

»Nein«, gestand ich. »Und du?«

Sie nickte. »Madame F hat mir Angst eingejagt. Willst du's haben?« Ihr fielen fast die Bücher herunter, als sie sich damit abmühte, das voll gekleckste Blatt aus ihrem Loseblatthefter zu reißen.

»Vielen Dank.« Ich schrieb schnell von ihr ab und war richtig froh, dass ich meine Freundinnen nicht verraten und nicht von Jonas abgeschrieben hatte. Beim Schreiben schüttelte ich den Kopf und sagte: »Einen Viertelpunkt für jede fehlende Hausaufgabe?«

»Ich weiß«, sagte Roxanne. »Hoppla.« Ihr Hefter rutschte ihr aus der Hand und löste sich in seine Bestandteile auf, als er auf dem Boden landete. Roxanne sprang von der Mauer und jagte den Blättern nach, die vom Wind davongeweht wurden. Auch CJ sprang hinunter, um ihr zu helfen. Ich hätte mich auch beteiligt, aber ich musste mich beeilen.

»Hoffentlich hast du das Französisch vom letzten Jahr noch drauf«, rief ich zu ihr hinunter. »Ich will eine gute Note kriegen. Die Arbeit für die Schule ist mir sehr wichtig.«

»O ja«, sagte Roxanne und trat auf die letzten beiden losen Blätter. »Mir auch. Äußerst wichtig.« Sie plumpste zu Boden und ruhte sich aus. »So ein Mist, dass Miss Marcus nicht mehr da ist.«

»Ich hatte sie auch sehr gern«, stimmte ich ihr zu. Miss

Marcus war letztes Jahr unsere Französischlehrerin gewesen. Sie war dreiundzwanzig und hatte keine Ahnung, wie sie mit uns fertig werden sollte. »Wir haben bei ihr überhaupt nichts gelernt.« Ich klappte mein Heft zu.
»Zoe?«, flüsterte Morgan mir zu. »Wie war's?«
»Wie war was?« Ich hielt CJ die Hand hin und half ihr wieder hoch.
Neben mir flüsterte Morgan: »Heute Morgen?«
»Alles paletti«, log ich. Das zweite Klingelzeichen ertönte und ich warf meine Mittagsbrote und den Rucksack von der Mauer. CJs Beutel landete gleichzeitig mit meinen Sachen auf dem Boden.
»Danke«, sagte ich zu Roxanne und gab ihr die Hausaufgaben zurück.
Sie steckte die Blätter in ihren Hefter, ging auf das Schulgebäude zu und sagte: »Null Problemo.« Es gibt Leute, die sagen, dass Roxanne total chaotisch ist, aber ich finde sie witzig.
Morgan warf ihre Tasche auf den Boden und dann sprang sie zusammen mit CJ hinunter, mit nach vorn gestreckten Beinen, während Olivia sich umdrehte und die Mauer vorsichtig hinunterrutschte. Ich hatte mich gerade auf den Weg zum Schultor gemacht, als CJ mich ansprach. »Zoe?«
»Ja?«
»Kannst du mir meine Mittagsbrote runterholen? Ich hab sie vergessen.« Zum ersten Mal hat sie die Haare in der Schule nicht zum Knoten hochgesteckt. Sie sind weich und stehen ihr bauschig um den Kopf, so wie damals, als

ich bei ihr übernachtete. CJ strich sich dauernd darüber, um sie an den Kopf zu drücken.
»Meine auch?«, bat Morgan.
Ich sah zu den zwei zerknitterten braunen Papiertüten hoch, die oben auf der Mauer lagen.
»Kommst du ran?«, fragte CJ. »Ich bin zu klein.«
»Ich auch«, sagte Morgan.
Ich war unsicher. Hatten sie ihre Tüten absichtlich dort oben liegen lassen? Wollten sie damit demonstrieren, dass sie beste Freundinnen sind? Oder dass sie klein sind und ich ein großes Trampel bin, so wie Roxanne? Morgan ist den Sommer über gewachsen. Jetzt ist sie gar nicht so viel kleiner als ich. Mit welchem Recht bezeichnete sie mich als groß?
»Klar doch«, sagte ich, holte die Tüten herunter und hielt mir selbst vor, eine blöde Ziege mit Verfolgungswahn zu sein.
»Danke«, sagten die beiden wie aus einem Mund. *Ach, wie reizend,* dachte ich gehässig. Wir gingen zu unseren Schließfächern, um die Mittagsbrote dort zu verstauen.
»Okay«, sagte ich zu den anderen und knallte die Tür zu meinem Schließfach zu. »Wir sehen uns in der zweiten Stunde.«
»Bis dann«, sagte Morgan.
»Bis dann«, sagte CJ. Sie fuhr sich wieder über die Haare. Ich hätte ihr beinahe gesagt, dass es gut aussieht und sie sich keine Sorgen machen muss, aber ich hatte dann doch keine Lust dazu. Das konnte ihr ja Morgan sagen.
Wir trennten uns, um in unsere Stammklassen zu gehen.

Olivia und ich haben beide Ms Masters, die Schulschwester, daher gingen wir zusammen. Unterwegs quatschte ich nicht mit ihr drauflos, wie ich das sonst immer mache.
»Kannst du ein Geheimnis für dich behalten?«, fragte sie.
»Klar«, sagte ich. Dabei war ich noch nicht mal neugierig.
»Ich krieg eine Zahnspange.«
»Ach ja?« Ich hörte gar nicht richtig zu. Dafür war ich viel zu beschäftigt damit, mir vorzuwerfen, wie groß ich bin. *Du bist so GROSS, du gewaltige GROSSE, holst du unsere Mittagsbrote, du widerlich GROSSE?* Ich glaube, ich zeigte der armen Olivia herzlich wenig Anteilnahme.
Ich setzte mich auf meinen Platz am Tisch von Ms Masters. Dabei fiel mir plötzlich ein, dass ich in der Schule noch nie so nah am Heulen gewesen war und dass Devin vielleicht doch nicht gesponnen hatte. Womöglich spielten jetzt meine Hormone verrückt. Ich fuhr mir mit der Hand übers Gesicht, um festzustellen, ob plötzlich überall Pickel sprossen. Nach dem Treueschwur* klingelte es zum Unterricht.
»Behalt's für dich, ja?«, bat Olivia, als sie zu ihrer Spanischstunde loszog.
»Wird gemacht.«
Ich saß vornübergesunken an meinem Tisch und konzentrierte mich darauf, meinen Hormonen nachzuspüren. Plötzlich sagte Madame F etwas, was sich ziemlich

* *Pledge of Allegiance*, der Treueeid auf die Fahne der Vereinigten Staaten, 1892 von Francis Bellamy verfasst, wird auch heute noch an vielen Schulen der USA jeden Morgen gemeinsam aufgesagt. (Anm. d. Ü.)

entschieden anhörte. Ich sah mich um, weil ich wissen wollte, wie die anderen darauf reagierten. Offenbar hatte sie gesagt: Roxanne und Bernadette, kommt bitte vor und teilt diese großen, scheußlichen Lehrbücher aus. Das geschah nämlich. Während sie die Bücher rumreichten und ich überglücklich war, weil sie nicht mich dazu aufgefordert hatte, hörte ich das Wort, vor dem mir am meisten graute.

»Zoe?«

Ich schaute auf. Mir fiel keine einzige französische Vokabel mehr ein. Nicht mal die Wörter für »hier« oder »was« oder »ja« oder sonst was. Ich versuchte eine interessierte Miene aufzusetzen, die besagte: Ja, reden Sie nur weiter, ich höre zu.

»(Irgendwas Französisches)?«, fragte Madame F.

Totaler Schweißausbruch. Verzweifelt versuchte ich mich an irgendein Wort zu erinnern, egal welches. Ich wollte einfach etwas sagen und darauf hoffen, dass ihre Frage damit beantwortet war.

»Nein«, sagte ich und gab mir Mühe, dem Wort einen französischen Klang zu verleihen.

»*Non?*«, fragte sie mit ihrem perfekten französischen Akzent. Sie machte ein verdutztes Gesicht. Offenbar hatte das Nein nicht funktioniert. Ich sah zu Jonas hinüber. Er zeigte auf sein Blatt. Als ich wieder zu Madame F schaute, stellte ich fest, dass sie mich voll im Visier hatte. Ich konnte kein Risiko eingehen. Und genau in diesem Augenblick ließ Roxanne ein Buch fallen. *Ich liebe sie,* dachte ich, chaotisches Trampel hin oder her. Madame F schwenkte den Blick zum hinteren Teil der Klasse und ich nutzte die Gelegenheit und schielte auf Jonas' Blatt. Dort stand 12.

»Zwölf«, sagte ich rasch. Dann dachte ich: *Ach, sie hat mich wohl gefragt, wie alt ich bin*. Da war »Nein« eine ziemlich blödsinnige Antwort. Ich versuchte ein Lächeln.

»*En français*«, sagte Madame F.

»Äh«, sagte ich und dann kam mir plötzlich eine Erleuchtung. »Duhs«, sagte ich hoffnungsvoll.

»*J'ai douze ans, madame*«, sagte sie. Alles, was sie sagt, klingt wie etwas Leckeres zum Essen. Ich versuchte ihren Satz nachzusprechen. Das kam wohl auch so ungefähr hin, denn sie ging weiter und quälte jetzt Lou Hochstetter. Ich war tief beeindruckt von mir, dass ich überhaupt etwas zu Stande gebracht hatte.

Ich lächelte Jonas zu und er lächelte zurück. Seine Lippen sind sehr rot. In meinem Bauch rumorte es. *Bleib auf dem Teppich*, sagte ich zu mir selbst. *Du darfst nicht mal freundschaftliche Gefühle für ihn hegen*.

9

Ich las die Zahlenkombination für mein Schließfach von meiner Handfläche ab, wo ich sie mit Kugelschreiber notiert hatte. »Nach den Sommerferien braucht mein Gehirn eine Weile, um wieder auf Trab zu kommen«, erklärte ich. »Sieben-vierzehn-zwei.«

»Das ist leicht«, sagte Olivia. »Du musst nur dran denken, dass sieben in vierzehn zweimal enthalten ist.«

»Warum verkündest du das nicht gleich der ganzen Schule?«, sagte CJ.

»Das hat doch niemand gehört«, verteidigte sich Olivia.

Ich zuckte mit den Schultern. »Ich hab sowieso nichts Wertvolles dadrin.«

CJ fuhr sich wieder über die Haare, drückte sie platt und strich sie hinter die Ohren.

Ich sah zu Morgan hinüber, aber Morgan gab ihr keine Bestätigung. Deshalb übernahm ich das. »Keine Sorge«, sagte ich zu CJ. »Dein Haar sieht gut aus.«

»Wirklich?« CJ lächelte. »Ich kann's gar nicht fassen, dass ich die Haare offen trage. Sie kommen mir so ... so riesig vor.«

Ich lachte. »Mir gefällt riesiges Haar.«

»Echt?«

»Ja.«
»Danke.« CJ schrieb etwas auf ihren Notizblock, riss die Seite ab, faltete sie zusammen und hielt sie mir hin. »Das ist meine Zahlenkombination«, erklärte sie. »Damit du mir meine Sachen bringen kannst, wenn ich mal krank bin oder so.«
»Okay.« Ich steckte den Zettel in die Tasche. »Und meine habt ihr jetzt ja alle, oder?«
Morgan und Olivia nickten, blieben aber mit den Köpfen tief in ihren Schließfächern. CJ hatte ihnen ihre Zahlenkombination nicht gegeben.
Morgan knallte ihr Schließfach zu und sagte: »Bei meinem Dad geht es wieder von vorne los.«
»O nein«, sagte CJ und schüttelte traurig den Kopf.
»Womit?«, fragte ich. Ich kann's nicht ausstehen, wenn ich nicht Bescheid weiß.
»Das würdest du ja doch nicht verstehen, Zoe«, sagte Morgan. »Du lebst in der heilen Welt einer idealen Familie.« Sie schrieb ihre Zahlenkombination auf und gab sie Olivia. »Hier ist meine«, sagte sie.
»Danke«, sagte Olivia. Sie sah etwas verdutzt aus.
CJ schlug die Tür zu ihrem Schließfach zu und fummelte am Schloss herum.
»Meine Familie ist alles andere als ideal«, teilte ich Morgan mit.
»Wie bitte?« Morgan lehnte sich an Olivias Schließfach. »Die Grandons? Ihr seid alle miteinander so fröhlich und freundlich und süß, dass man das Kotzen kriegt.«

»Mhm«, bestätigte CJ ohne dabei aufzuschauen. »Das sagen alle.«
Die beiden nickten im Gleichklang mit dem Kopf und grinsten sich dann an. Ich langte in die Tasche und tastete nach CJs Zettel. Sie hatte ihn *mir* gegeben.
»Meine Familie?«, sagte ich. »Also wirklich!« Als süß hatte ich uns noch nie gesehen, außer vielleicht Devin. Ob sie mich dabei mit einschlossen?
Morgan blies sich die langen, braunen Ponyfransen aus den Augen. »Du hast keine Probleme, Zoe, das musst du zugeben.«
»Klar doch«, sagte ich. »Und? Was hat dein Vater gemacht?«
»Ach, er hat gestern Abend angerufen und eine ellenlange Geschichte erzählt, warum diesen Monat wieder kein Scheck kommt. Meine Mutter hat die Krise gekriegt. Und *sie* wirft *mir* vor, dass ich ein übles Mundwerk hätte!«
Wir gingen durch den Flur zur Cafeteria. CJ legte den Arm um Morgan.
»Also, wisst ihr, so ideal ist meine Familie nun auch wieder nicht«, sagte ich. Wir steuerten einen Tisch hinten in der Cafeteria an.
»Von wegen«, sagte Morgan.
Wir setzten uns und zogen unsere Brote hervor. Eigentlich wollte ich keine schmutzige Wäsche waschen, aber ich hatte so ein Gefühl, als hätten alle einen Beitrag geleistet und meiner stand noch aus. Und außerdem – okay, vielleicht wollte ich Morgan übertrumpfen.

»Meine Schwester Colette hat sich den Bauchnabel piercen lassen und mein Vater hat's bemerkt.«

CJ wandte sich mir zu. »Ist er ausgerastet?«

»Und ob«, sagte ich. »Weißt du noch, wie wir telefoniert haben? Das Geschrei kam von ihm. Er hat gebrüllt, dass der Ring heute noch rausmuss, und sie hat geschrien: Kommt nicht in Frage, ihr Körper gehört ihr und er kann sie nicht zwingen, und er legte los: O doch, das kann ich. CJ war die ganze Zeit in der Leitung.«

»Das stimmt«, sagte CJ, an Morgan und Olivia gewandt. Ihre grünen Augen waren weit aufgerissen. »Ich hab das alles mitgekriegt.«

Olivia machte eine Packung Salzstangen auf. »Ich finde, deine Schwester hat Recht. So ein Piercing ist zwar eklig, aber es ist schließlich ihr Körper.«

»Vielleicht«, sagte Morgan und nahm sich eine Salzstange. »Aber sie muss doch kein solches Drama draus machen.«

Ich zuckte mit den Schultern. »Das hat meine Schwester Devin auch gesagt. Ich weiß nicht so recht. Aber meine Familie ist jedenfalls längst nicht so heil und ideal, darum geht's.«

Tommy und Jonas kamen zu uns herüber und setzten sich. Und genau in diesem Augenblick sagte CJ: »Das macht dir bestimmt sehr zu schaffen.«

»Was denn?«, fragte Tommy und schüttelte seine Milchtüte. »Was ist denn passiert?«

»Nichts«, sagte Morgan. Ich zog den Kopf ein. Ich wollte keinen Ärger kriegen und die anderen sollten nicht glau-

ben, dass ich für die Jungen Partei ergriff oder einen von ihnen mochte. CJ legte beschützend den Arm um mich.
Tommy zuckte mit den Schultern. »Okay«, sagte er.
Jonas schnappte sich ein paar von Olivias Salzstangen, biss die oberen Hälften ab und sagte: »Lecker.«
»Du hättest fragen können«, fuhr Morgan ihn an.
Jonas hörte auf zu kauen. Er legte die unteren Hälften der Salzstangen in Olivias Packung zurück und murmelte: »Entschuldigung.«
Die beiden standen auf.
»Bis später«, sagte Tommy im Weggehen.
»Viel später«, sagte ich.
Meine Freundinnen lachten. Mir war elend zu Mute, aber was sollte ich machen? Zum Glück würde Tommy deswegen nicht sauer sein. So was macht ihm nichts aus.
»Glaubst du, dass sie ihn rausnimmt?«, fragte Olivia. »Den Ohrring? Den Nabelring? Wie das Ding eben heißt.«
Ich schüttelte den Kopf.
»Wird er das wirklich nachprüfen? Was meinst du?«, fragte Morgan.
Jetzt nickte ich. »Heute Abend. Das kann heiter werden.«
CJ massierte mir den Rücken. »Wenn du dich verdrücken willst, ruf einfach an«, schlug sie vor. »Du kannst zu mir kommen.«
»Vielen Dank«, sagte ich.
»Oder zu mir«, bot Morgan an. »Wann immer du willst.«
»Ich wohne am nächsten«, sagte Olivia. »Wenn du möchtest, kannst du dich auf dein Fahrrad schwingen und vorbeikommen.«

Ich lächelte in die Runde. Dass sie zu mir hielten, war ein gutes Gefühl. Manchmal ist es mit meinen Freundinnen leichter als mit meiner Familie. Sie verstehen mich besser, sehen mich nicht immer nur als Baby. Und sie haben Zeit für mich. »Ihr seid wirklich Spitze«, sagte ich. Jetzt war ich froh, dass ich ihnen davon erzählt hatte, auch wenn meine Mutter mir den Kopf abreißen würde, wenn sie davon erfuhr. *Familienangelegenheiten bleiben in der Familie* und so.

Tommy bewarf uns mit einer Hand voll Marshmallows. Wir beschlossen sie aufzufuttern anstatt damit zurückzuwerfen.

10

Ich hatte mit CJ gerechnet. Nachdem Devin durchs Haus geschrien hatte, dass es für mich ist, nahm ich den Hörer und sagte: »Hallo, CJ!« Aber es war Morgan.

»Zoe?«, fragte sie.

»Morgan?«

»Ja«, sagte sie. »Hast du geglaubt, dass es CJ ist?«

»Nein, ich ... ist ja egal. Was gibt's?« Ich strich mir die Haare hinter die Ohren und betrachtete mein Spiegelbild. So war es zwar auch nicht hübscher als sonst, sah aber vielleicht ein klein wenig cooler aus.

»Ich wollte nur mal fragen, ob du weißt, was wir in Mathe aufhaben«, sagte sie. »Ich hab vergessen mir die Seiten aufzuschreiben.«

»Aber sicher«, sagte ich. »Moment mal.« Ich rannte die Treppe hoch, holte meinen Block, auf dem ich die Hausaufgaben notierte, und las vor, welche Seiten aus dem Mathebuch wir machen sollten.

»Hast du's schon gemacht?«, fragte sie.

»Nein«, sagte ich.

»Ich auch nicht.«

Wir machten die Hausaufgaben zusammen am Telefon. Ich mache schrecklich gern Hausaufgaben am Telefon;

das ist dann längst nicht so langweilig. Als wir so ungefähr die Hälfte geschafft hatten, fragte Morgan: »Meinst du, dass wir mit den Jungs vielleicht ein bisschen zu hart umgesprungen sind?«

»Ich weiß nicht.« Ich dachte, dass es sich möglicherweise um eine Fangfrage handelte. Morgan hat etwas an sich, was es mir unmöglich macht, ihr hundertprozentig zu vertrauen. Vielleicht kommt das daher, dass sie in letzter Zeit dauernd ihre Haarsträhnen hochpustet. Das geht mir auf den Geist. Oder vielleicht liegt es daran, dass ich gerade versuche ihr die beste Freundin auszuspannen.

»Sie haben ganz betroffen dreingeschaut«, sagte sie.

Ich legte meinen Stift hin und lehnte mich auf dem Sofa nach hinten, damit ich durch mein Spiegelbild zum Baum hinausschauen konnte – das ist meine liebste Telefonier-Haltung. »Äh«, sagte ich. »Ja. Das stimmt.«

»Ich finde, wir sollten mit L. l. l. aufhören. Was meinst du?«

»Okay.«

»Der Haarschnitt von den beiden sieht richtig süß aus«, fügte sie noch hinzu. »Meinst du nicht?«

»Ich hab nicht drauf geachtet.«

»Ach«, sagte sie.

Wenn du nur wüsstest, dachte ich. *Ich hab den ganzen Tag nichts anderes getan als auf ihren Haarschnitt zu achten*. Aber niemand sollte wissen, dass ich auf einmal mehr als sonst an die Levits dachte. Das ist so bescheuert.

»Und sonst?«, flüsterte Morgan. »Hat dein Vater bei Colette nachgesehen?«

»Er ist noch in der Bäckerei«, sagte ich. »Am Donnerstag sind lange Öffnungszeiten. Aber sie hat das Piercing noch, sie hat's mir gezeigt.«

»Bist du schon völlig fertig mit den Nerven?«

»Ja.« Ich wusste es zu schätzen, dass sie mich unterstützen wollte, aber es war mir doch sehr unangenehm, über Sachen zu reden, die niemanden etwas angingen. Was sollte ich machen, wenn meine Mutter abnahm? Das wäre mein Tod gewesen. Also fragte ich. »Wie war's in Sport?« Sie hat Sport, während ich im Schulorchester spiele, in der achten Stunde.

»Ach, grässlich. Bodenturnen.«

»Ich hasse Bodenturnen«, sagte ich. »Dann komm ich mir wie das letzte Trampel vor.«

»Also, neben CJ sehen wir alle alt aus«, sagte Morgan.

Als das Thema auf CJ kam, wurde ich etwas verkrampft.

»Ich bitte dich«, sagte ich. »Sie kann einen Spagat machen und dazu den Kopf auf den Boden legen.«

»Ich weiß«, sagte Morgan. »Das hat sie in der vierten Klasse gelernt.«

»Ich weiß«, gab ich zurück, weil ich den »Wer kennt CJ besser«- Wettstreit nicht verlieren wollte.

»Du wirst Fußball nehmen, stimmt's?«, fragte Morgan.

Ein Glück, jetzt waren wir wieder bei einem normalen Thema angelangt. Ich war so erleichtert, dass ich sagte: »Auf jeden Fall!«

»Ich glaub, ich auch«, sagte sie. »Aber eigentlich ist mir Fußball nicht so wichtig, weil ich mich lieber auf Softball konzentrieren will. Und du?«

»Ich spiel beides gern«, sagte ich. Morgan kam letztes Jahr bei keinem Spiel zum Einsatz. Ich weiß, dass ihr das zu schaffen machte, auch wenn sie das dauernd bestritt.

»Mit dir als Pitcher könnten wir dieses Jahr Regionalmeister werden, wenn wir uns auf Softball konzentrieren«, sagte Morgan. »Wie viele Schlagmänner hast du ausgemacht – waren es letztes Jahr beim Endspiel nicht sieben?«

»Das weiß ich nicht mehr so genau, vielleicht sechs«, sagte ich. Es waren acht. Ich kann mich an jeden einzelnen Wurf noch ganz genau erinnern.

»Das war vielleicht ein Spiel, was? Ich dachte schon, dieses hässliche Mädchen würde anfangen zu heulen.«

»Echt?«, fragte ich. Mir wurde richtig froh zu Mute. »Also du warst Spitze als Erster Malmann.«

»Danke. Aber ich hab mir was überlegt.« Morgan sprach jetzt leiser. »Das bleibt aber unter uns, ja? Vielleicht ist es ganz gut, dass CJ dieses Jahr mit den Ballettstunden so beschäftigt ist und nicht in der Mannschaft spielen kann. Ich will sie ja nicht beleidigen oder so, schließlich ist sie meine beste Freundin, aber sie kann nicht werfen.«

»Ich weiß«, gab ich zu. Ich hatte ein schlechtes Gewissen, weil ich so über CJ sprach, aber Morgan hatte Recht. CJ ist keine tolle Sportlerin.

Wir redeten noch ein bisschen über Softball. Nächste Woche geht's mit Fußball los und wir redeten auch darüber. Dann machten wir mit den Hausaufgaben weiter. Als wir fertig waren, bedankte sich Morgan bei mir und sagte: »Du erzählst CJ doch nichts davon, was ich gesagt habe?«

»Nein«, versicherte ich ihr. »Und ich bin mir sicher, dass du dieses Jahr beim Fußball eingesetzt wirst. Du bist jetzt bestimmt schneller, seit du so gewachsen bist.«

»Wie auch immer«, sagte Morgan. »Vielleicht kannst du nächste Woche ja mal vorbeikommen, dann werfen wir ein paar Bälle.«

»Okay«, sagte ich. »Eine super Idee.« Ich legte auf und rief auf der Stelle CJ an.

»Hast du schon das Neuste von L. l. l. gehört?«, fragte ich, als sie abnahm.

»Was denn?« Sie hatte mich an der Stimme erkannt.

»Morgan hat mich gerade wegen Mathe angerufen. Wir haben uns ein bisschen unterhalten und sie hat die ganze Sache abgeblasen. Ich glaube, ihr macht das echt zu schaffen, unser Verhalten heute. Sie meint, wir hätten's vielleicht übertrieben.« Ich malte mir aus, wie es sein würde, zu Morgan zu gehen und mit ihr Werfen zu üben. Es gefiel mir, dass sie glaubte, ich hätte dieses hässliche Mädchen fast zum Heulen gebracht. Und es war toll gewesen, so ein ganz normales Gespräch zu führen. Zum ersten Mal seit Ferienende kam ich mir wieder wie die alte Zoe vor.

»Sie hat dich wegen Mathe angerufen?«, fragte CJ.

»Ja«, sagte ich. Dabei lief ich im Wohnzimmer auf und ab und ging im Geiste noch mal das Endspiel im letzten Jahr durch.

»Das ist nicht zu fassen«, sagte CJ.

»Du meinst, dass sie ausgerechnet mich wegen der Hausaufgaben in Mathe anruft?«, fragte ich. »Herzlichen Dank.«

»Nein«, protestierte CJ. »Das hab ich nicht gemeint ...«
»Ich glaube, sie hat das mit dem L. l. l. bereut«, sagte ich. Damit fiel ich ihr ins Wort, aber es war nicht nötig, dass sie sich entschuldigte. Im Grunde wusste ich, dass sie gekränkt war, weil Morgan nicht bei ihr angerufen hatte, obwohl sie doch beste Freundinnen waren. Manchmal versteh ich mit Absicht etwas falsch.
»Nein«, sagte CJ noch mal. »Ich meine, sie hat mich vor einer Stunde angerufen und die Matheaufgaben mit mir gemacht.«
Das Spiel in meinem Kopf war schlagartig beendet. Ich blieb stehen. »Du machst Witze.«
»Ich bin total ernst«, sagte CJ.
»So was Verrücktes.« Ich kniete mich verkehrt herum aufs Sofa, um die ganze Sache auszuklamüsern, aber die Schaukel lenkte mich ab. Sie war schon lange nicht mehr benutzt worden. Früher wetteiferten Tommy und Jonas und ich darin, wer beim Abspringen am weitesten kam. Ich schätze, dafür sind wir jetzt zu alt. Anstatt an Morgan zu denken, gingen mir solche Gedanken durch den Kopf.
»Wahrscheinlich ist sie jetzt mit Olivia zugange und macht die Matheaufgaben noch mal«, sagte CJ. »Das ist nicht zu fassen.«
»Also, ich gehe jede Wette ein, dass sie Olivia als Erste angerufen hat, damit sie die richtigen Lösungen kriegt«, sagte ich und lachte. »Jetzt komm ich mir wenigstens nicht mehr so blöd vor.«
»Weißt du, was wir machen sollten?«, fragte CJ.
»Was?«, fragte ich.

Colette kam die Treppe herunter, baute sich vor mir auf und stemmte die Arme in die Seiten. »Ich brauch das Telefon.«
CJ funkte dazwischen. »Wir sollten sie anrufen«, sagte sie.
»Wen? Olivia?«, fragte ich.
»Nein. Morgan«, sagte CJ. »Ich kann eine Konferenzschaltung machen.«
»Ich muss Matt etwas sagen«, drängte Colette.
»Moment noch«, sagte ich zu Colette. Sie schüttelte den Kopf, ging aber weg. »Was ist eine Konferenzschaltung?«, fragte ich CJ.
»Du kannst in der Leitung bleiben und mithören, wenn ich Morgan anrufe und sie frage, ob sie mit dir telefoniert hat. Dann sehen wir ja, ob sie lügt, und können sie gleich überführen.«
»Okay«, sagte ich. Nur nicht nervös werden, hielt ich mir selbst vor. Das ist doch nur ein Spaß. Und ich bin nicht diejenige, die ertappt werden soll. Also brauch ich mir auch keine Sorgen zu machen.
Während CJ wählte, hörte ich Anne Marie zu, die Bay im Esszimmer Wörter für den Wortschatz-Test bei der Eignungsprüfung fürs College einpaukte. Sie lachten sich kaputt, weil Devin gerade hereingekommen war und eine abscheuliche Definition von »wohlgestalt« geliefert hatte. Wenn ich die Eignungsprüfung mache, wird außer meinen Eltern niemand mehr hier wohnen.
Beim zweiten Klingeln wies mich CJ an nicht so laut zu atmen. Ich hielt mir die Sprechmuschel über den Kopf und deckte die Hand darüber.

Sie plauderten ein bisschen und dann erkundigte sich CJ bei Morgan, ob sie heute Abend mit mir gesprochen hätte. Ich hielt den Atem an.

»Nein«, sagte Morgan. »Wieso?«

»Ich wollt's nur wissen«, sagte CJ.

Jetzt haben wir dich, dachte ich. Als würde das FBI gleich ihre Küche stürmen und sie dafür verhaften.

Devin schlurfte an mir vorbei in den Hobbyraum und sagte: »Deine Wohlgestalt guckt hervor.«

Ich legte den Finger an die Lippen und zog meine Shorts ein Stück nach unten, für den Fall, dass Wohlgestalt dicke Oberschenkel bedeutete.

»Mir tut Zoe so Leid«, teilte Morgan inzwischen CJ mit.

Ach du Schreck. Ich lehnte mich auf dem Sofa zurück und machte mich darauf gefasst, den Grund mit anzuhören.

»Zoe?«, fragte CJ.

»Ja«, sagte Morgan. »Sie ist so nett. Alle haben sie gern. Aber sie kennt kein anderes Thema als immer nur Sport.«

»Hmmm«, machte CJ.

Ich verkniff es mir, sie darauf hinzuweisen, dass nicht ich das Thema Softball angeschnitten hatte, sondern sie. Ich hatte geglaubt, sie wollte darüber reden.

»Ich schätze, am meisten tut sie mir wegen dieser Sache mit den Jungs Leid«, sagte Morgan. »Was wir gestern Abend besprochen haben, du weißt schon.«

Ich saugte die Wangen nach innen, biss darauf und hielt das Sprechteil des Telefons hoch in die Luft. Mein Herz fing wie rasend an zu hämmern. *Was hast du gestern besprochen, CJ?*

»Morgan ...« CJs Stimme klang ein bisschen wackelig. »Du weißt schon, dass die Jungs sie nicht auf diese Art mögen.«

»Das hab ich nicht gesagt.« So besonders überzeugt hörte sich CJ allerdings nicht an. »Ich weiß nicht, wen die Jungs mögen.«

»Komm schon«, sagte Morgan. »Du weißt jedenfalls, wen sie *nicht* mögen.«

Ich schluckte und versank noch tiefer im Sofa.

Die Jungs mögen mich also nicht auf diese Art. Na und? Tommy und ich werden immer einfach nur Freunde bleiben. Klar doch. Ich weiß auch, wen die Jungs *nicht* mögen. Es ist ja nicht so, als wär mir das nie aufgefallen.

»Hmmm«, sagte CJ. »Ich muss jetzt Schluss machen.«

»Erzähl Zoe nichts davon«, sagte Morgan und legte dann auf.

Ich rutschte auf den Boden hinunter und dachte: *Ach ja, CJ, weißt du was? Du kannst nicht werfen! Glaub bloß nicht, dass ich die Einzige bin, über die hinter ihrem Rücken hergezogen wird! Du hättest nur mal hören sollen, wie wir über dich geredet haben!*

»Das hab ich nicht gesagt«, sagte CJ, sobald sie die zweite Leitung ausgeschaltet hatte.

»Hey, es stimmt doch«, gab ich zu.

»Gar nicht wahr!«, sagte CJ.

»Ich weiß, dass ich nicht hübsch bin. Das muss nicht erst

im Fernsehen kommen.« Ich versuchte ein Lachen, aber es wurde ein ziemlich klägliches Japsen daraus.

»Also, wenn die Jungs nur Mädchen mögen, die superhübsch sind, dann kannst du sie vergessen – das ist doch alles blöd, blöd, blöd.«

Sie sagte nicht: *O nein, Zoe – du bist so hübsch, hübsch, hübsch.* Aber das hatte ich auch nicht erwartet. »Blöd«, murmelte ich.

»Und Morgan ist ... man kann ihr nicht über den Weg trauen. Ich kann's nicht fassen, dass sie mal meine beste Freundin war.«

»War?«

Die Scheinwerfer von Dads Wagen tauchten das Fenster in helles Licht, als er in die Auffahrt einbog.

»Wir sind so verschieden«, sagte CJ. »Morgan versteht nichts von den ganzen Sachen, die ich dir neulich erzählt habe. Und jetzt kann ich ihr nicht mal mehr – also, ich meine, *du* würdest nie hinter dem Rücken über jemanden reden. Ist doch wahr, oder?«

»Also ... ich muss Schluss machen«, flüsterte ich. »Mein Vater kommt herein.«

»Ruf an, wenn du mich brauchst«, sagte CJ. »Wirklich.«

Ich wollte mich bedanken, aber ich brachte keinen Ton hervor.

11

»Zoe!«, rief Colette. »Hast du aufgelegt? Ich muss jetzt wirklich …«

Auf der zweituntersten Stufe hielt sie inne, blieb stehen und stemmte die Arme in die Seiten. Daddy stand direkt vor ihr. Elvis ließ sich auf Daddys Arbeitsstiefeln nieder.

»Also«, sagte Daddy.

Anne Marie und Bay hörten mit ihren Wortschatzübungen auf.

»Also«, gab Colette zurück.

»Ist es weg?«

Colette sagte nichts. Devin huschte aus dem Hobbyraum, setzte sich im Wohnzimmer neben mir auf den Fußboden und lehnte sich ans Sofa.

»Es ist noch drin«, flüsterte Devin mir zu.

»Ich weiß«, flüsterte ich zurück. »Pst!«

Mom kam durch den Flur. Ich konnte ihre Füße sehen, als sie oben an der Treppe stehen blieb. »Arnie«, sagte sie.

»Ich regle das schon«, sagte er mit leiser, scharfer Stimme. »Heb dein Hemd hoch.«

»Wie bitte?«, fragte Colette.

Daddy breitete die Arme aus. »Hast du geglaubt, ich würde es vergessen?«

»Lass doch, Arnie«, sagte Mom. »Wir hatten vereinbart ...«

»Lorna? Fall mir jetzt nicht in den Rücken.«

Colette zupfte am Saum ihres T-Shirts herum. Sei still, versuchte ich ihr über Telepathie zu vermitteln – Mom kriegt Dad schon noch dazu, dass er dich in Ruhe lässt. Du musst nur die Klappe halten und alles ihr überlassen. Aber Colette kniff die Augen zusammen und sagte: »Ich denk nicht daran, vor dir mein T-Shirt hochzuheben.«

»Jetzt sofort!«, schrie Dad. »Hast du verstanden?«

Devin nahm meine Hand und drückte sie ganz fest. Ich drückte zurück und versuchte es weiter mit Gedankenübertragung.

»Ich hab dich sehr gut verstanden«, sagte Colette mit allzu ruhiger Stimme. »Aber du hast nicht das Recht ...«

»Ich habe nicht das Recht? Ich hab *kein Recht*?«

»Genau das hab ich gesagt. Ich schätze, du hast mich genauso gut verstanden.«

»Werd bloß nicht frech«, knurrte Daddy. Seine großen Hände ballten sich zu Fäusten, lösten sich und ballten sich erneut. Hände, die daran gewöhnt waren, schweren Brotteig zu kneten. Mir kam der Gedanke, dass er damit auch zuschlagen konnte. *Bitte*, flehte ich innerlich, *bitte nicht*.

Colettes Wangenmuskeln zuckten, aber sie sagte nichts. Wir alle warteten und hofften.

»Entschuldige dich bei deinem Vater, Colette«, empfahl Mom. »Und zwar sofort.«

»Nein!« Colette fuhr zu Mom herum. »Er hat nicht das Recht ...«

»Mein eigenes Kind zu erziehen?« Daddy verpasste der untersten Treppenstufe einen Tritt.

Colette zuckte zusammen, aber dann schrie sie: »Ich bin kein Kind mehr!«

»Und ich soll wohl darüber hinwegsehen, wenn meine Tochter mit verstümmeltem Körper in mein Haus kommt?«

»Ich bin nicht verstümmelt!«, schrie sie. »Mir gefällt's, wie ich aussehe!«

»Du siehst wie eine Hure aus!«, schrie Daddy.

Colette blinzelte und brach dann in Tränen aus, was sie offenbar gewaltig ärgerte. Das merkte ich daran, dass sie die Unterlippe nach innen sog und darauf herumbiss. Sie wischte sich die Tränen nicht ab. Stand einfach nur ganz still da und starrte Daddy an, der sie seinerseits anstarrte.

»Ich hasse dich auch«, sagte sie leise.

Daddy schlug die Hände vors Gesicht. Er atmete geräuschvoll ein und wieder aus und blieb eine Weile so, wie er war, hinter seinen Händen verborgen. Ich fragte mich, ob er vielleicht betete.

Seine Hände zitterten, als er sie schließlich sinken ließ. »Schätzchen ...«, sagte er und streckte den Arm nach Colette aus, zu der großen, runden Träne hin, die ihr die Backe hinunterlief.

Mit einem heftigen Schlag fegte sie seine Hand beiseite.

Elvis knurrte.

»Colette«, sagte Mom mahnend. »Wir wollen jetzt alle ...«

Colette sah Daddy geradewegs in die Augen und wandte

den Blick nicht ab. Langsam und betont sagte sie: »Du hast nicht das Recht, mich anzufassen. Nie wieder.«
Sie zog die Nase hoch, dann legte sie den Kopf schräg und lüpfte ihr T-Shirt, gerade so weit, dass der kleine Goldring zu sehen war. Ich konnte es nicht fassen.
Gleich darauf machte sie kehrt und sauste die Treppe hoch. Daddy jagte ihr hinterher und fauchte: »Ich reiß dir dieses Ding heraus!«
Als Colette oben an der Treppe einen Bogen um Mom schlug, machte Daddy einen Satz, um sie zu packen, stolperte aber über Elvis und schlug der Länge nach hin. Devin und ich hielten uns ganz fest an den Händen und sandten stumme Gebete aus, flehten darum, dass er keinen Herzanfall bekam und Colette ihm entwischte.
Daddy rappelte sich wieder auf und schoss weiter die Treppe hoch, hinter Colette her, aber Mom kam ein paar Stufen herunter, verstellte ihm den Weg und schrie: »Hör auf! Es reicht!«
Die Tür zu Colettes Zimmer knallte zu. Daddy boxte gegen die Wand.
»Was hattest du denn vor, Arnie?«, fragte Mom. »Also wirklich! Ihr den Ring herunterreißen? Und was dann?«
»Komm mit, Elvis«, murmelte Dad. Die beiden schlichen die Treppe hinunter und verschwanden in der Küche. Der Knall, mit dem die Tür vom Hintereingang ins Schloss fiel, hallte wie ein Echo von Colettes Tür.

12

Ich lehnte an der Tür zum Zimmer von Bay und Colette. Die nassen Haare tropften mir auf die Schultern, während ich auf Colettes Antwort wartete. Devin stand unter der Dusche und alle anderen waren schon unten beim Frühstück.

Colette drehte sich langsam um und ich sah den Anflug eines Lächelns in ihrem Gesicht. »Klar doch«, sagte sie, zog ein braunes T-Shirt aus ihrer Kommode und hielt es mir hin. »Braun ist die richtige Farbe für dich.«

Ich zögerte. »Ich hab Barbie-Puppen, denen das zu eng wäre«, protestierte ich.

Colette warf das T-Shirt auf ihr Bett. »Dann nimm's eben nicht.« Sie fetzte sich das Nachthemd herunter, langte wieder in die Kommode und holte für sich selbst ein blau-weißes Hemd hervor. Als sie es über den Kopf zog, bot sich mir die Gelegenheit, den Ring in ihrem Bauchnabel zu begutachten. Die Haut drum herum sah immer noch ganz schön entzündet aus.

Ich nahm das braune T-Shirt vom Bett. »Ich probier's mal.«

Als ich zur Tür hinausging, hielt Colette mich zurück. »Zoe?«

»Ja?«
»Dein Körper gehört dir«, sagte sie. »Und es gibt keinen Grund, warum du dich für ihn entschuldigen solltest.«
»Okay. Alles in Ordnung mit dir?« Bei dieser Frage konnte ich sie nicht ansehen.
»Klar«, gab Colette zurück. »Ich geh bei allem hoch, was er sagt. Was soll's, wenn er mich dafür hasst?«
»Also, wenn du was brauchst oder so, ich bin sicher, dass er dich gar nicht wirklich, mach dir keine Sorgen«, stotterte ich und wich in das Zimmer von Devin und mir zurück. Ich konnte hören, dass Colette gegen ihre Kommode trat. Besonders hilfreich war ich wohl nicht gewesen.
Während ich meinen BH anzog und Devins Deodorant benutzte, dachte ich über meinen Traum von letzter Nacht nach. Wir hatten Sport und Mr Brock, ein ganz toller Typ, steckte mich in die Jungsmannschaft. Ich protestierte, konnte damit aber nichts ausrichten, bis ich schließlich mein Sweatshirt hochzog und schrie: »Schauen Sie sich das mal an, ja? Ich bin ein Mädchen! Ich will in der Mädchenmannschaft mitspielen!« Normalerweise kann ich mir meine Träume nicht merken, aber der hier war ganz schön extrem. Ich stieg in weiße Shorts und setzte mich dann neben Colettes T-Shirt auf mein Bett, um Socken und Turnschuhe anzuziehen. Ich atmete tief durch und dachte: *Wenn ich mich jemals in ein anderes Mädchen verwandeln will, hab ich jetzt die Chance dazu. Schluss damit, wie einer von den Jungs zu sein, für alle der gute Kumpel, der niemals Aufmerksamkeit erregt, weil's ja nur*

ein Mannschaftsmitglied ist. Einmal muss es ja sein – jetzt oder nie!

Über diese Dramatik musste ich selbst grinsen. Also wirklich, es ist ja nur ein T-Shirt, ein braunes T-Shirt mit einem kleinen Gänseblümchen vorn. In letzter Zeit bausche ich jede Kleinigkeit zu einer Riesensache auf. Vermutlich würde kein Mensch einen Unterschied zu meiner sonstigen Kleidung bemerken. Ich legte ja keinen großen Star-Auftritt hin, mit einem pinkfarbenen Glitzer-Trikot oder so was in der Art.

»Hey«, sagte Devin, als ich an ihr vorbeilangte, um mir ein Brötchen vom Esstisch zu angeln. »Hübsche Titten.«

Ich hielt mitten in der Bewegung inne. »Sieht man sie zu sehr?«

Anne Marie, Bay und Devin betrachteten meine Brust.

»Man sieht sie allerdings«, stellte Bay fest.

»Warum auch nicht?«, sagte Anne Marie und fällte damit die Entscheidung. »Wieso solltest du dein ganzes Leben lang in Sachen herumlaufen, die dir sechs Nummern zu groß sind?«

»Na«, sagte Devin, »die Jungs werden jedenfalls begeistert sein. Hey, Tommy!«

Ich wandte den Blick ab. Devin kennt alle meine Gedanken, selbst die geheimsten. CJ kann von Glück sagen, dass sie ein eigenes Zimmer hat und niemand in ihren Kopf eindringen kann.

Wir schnappten uns die Tüten mit unseren Mittagsbroten.

»Hoffentlich schwitze ich nicht«, sagte ich und sah unter

meinen Achseln nach. »Hier drin lässt sich nichts verbergen.«

Wir zogen los, durch den Hinterausgang hinaus, und Mom rief uns ihr »Vergesst eure Brote nicht« hinterher. Erst dann kreuzte auch Colette auf und gesellte sich zu uns.

»Daddy ist nicht nach Hause gekommen«, sagte Anne Marie, als wir an der Ecke angekommen waren.

»Umso besser«, sagte Colette. Sie stiegen alle in ihren Bus.

Schließlich kam auch mein Bus und ich setzte mich neben Gabriela, meine nette, aber langweilige Cousine. Als der Bus gerade losfuhr, kamen Tommy und Jonas angesaust. Ein Glück, dass die Busfahrerin mit ihrer Mutter befreundet ist, sonst hätte sie nicht auf die beiden gewartet. Sie ist ziemlich eklig.

Die beiden schoben sich auf die Sitzbank vor Gabriela und mir.

Ich tippte Jonas auf den Kopf. »Hast du Französisch?«

Nach dem großen Krach gestern Abend hatte Anne Marie mir in unserem stillen, verängstigten Haus dabei geholfen. Bay konnte sich nicht mehr auf ihre Wörter konzentrieren und Anne Marie tut lieber etwas als nachzugrübeln.

»Du redest wieder mit uns?« Jonas drehte sich um und bemerkte offenbar, was ich anhatte. Er sagte nämlich: »Wow.«

Tommy wandte sich ebenfalls um und wollte sehen, was es gab. Ich verschränkte die Arme vor der Brust, aber er machte bereits große Augen. Die beiden drehten sich wieder nach vorn. Ich sank auf meinem Platz zusammen und flüsterte Gabriela zu: »Seh ich wie eine – ich meine, seh ich irgendwie abstoßend oder schlampig aus oder so?«

Sie schüttelte den Kopf. »Du siehst hübsch aus«, sagte sie.

»Vielen Dank.« Sie ist so nett.

»Wenn ich Busen hätte«, sagte sie mit allzu lauter Stimme, »würd ich ihn auch herzeigen.«

Ich drückte die Arme noch fester an die Brust.

Von meinen Freundinnen sagte keine etwas, als ich zu ihnen auf die Mauer kletterte. Ich war nahe dran, mich zusammenzukauern und die Brust zu verdecken, aber Colettes Bemerkung, dass ich mich nicht entschuldigen musste, hallte mir im Kopf wider und zwang meine Arme nach unten. Das war schwer. Ich kam mir so auffällig vor.

Als ich nach dem zweiten Klingeln mit CJ, Morgan und Olivia durch den Flur zu unseren Schließfächern ging, hörte ich die Jungs hinter uns »Los, mach schon, los« sagen. Ich spürte eine Berührung am Rücken, und noch bevor ich mich umdrehen und »Was gibt's?« fragen konnte, zog jemand an meinem BH-Träger und ließ ihn zurückschnellen.

»Aua«, sagte ich.

»Beachte sie gar nicht«, flüsterte CJ und hängte sich bei mir ein.

»Okay.« Ich zog den Kopf ein und merkte, wie mir die Hitze ins Gesicht stieg.

Wieder eine Berührung, wieder ein Brennen. »Au!«
CJ schleifte mich vorwärts, bevor ich mich umdrehen konnte.
»Infantile Idioten«, flüsterte Olivia.
Ich hab keine Ahnung, was das heißt, deshalb zuckte ich nur unverbindlich mit den Schultern.
»Wenn du etwas sagst«, flüsterte Morgan, »stachelst du sie nur noch an.«
Wir waren schon fast bei den Schließfächern. *Wenn mich jemand wegen einer anderen Sache anmachen würde,* dachte ich, *würde ich ihn zusammenfalten und dafür sorgen, dass er damit aufhört. Wieso ist das anders, nur weil's um meine Brust geht?*
Als ich die nächste Berührung am Rücken spürte, fuhr ich herum. Vor mir stand Tommy Levit und streckte gerade die Hand nach mir aus. Sein Grinsen war dasselbe, das ich gestern noch so unwiderstehlich gefunden hatte. Ich hätte ihm fast eine reingehauen. Aber dann wurde mir klar, dass genau da das Problem lag: Ich bin so gar nicht damenhaft. Bei der ganzen Sache ging es im Grunde ja nur darum, Tommy zu zeigen, dass ich ein Mädchen bin. Ich versuchte mir vorzustellen, was meine Schwestern in so einer Situation tun würden. Ich baute mich vor ihm auf, machte mich so stark, wie es nur ging, und bedachte Tommy mit einem fiesen Blick.
Dann wandte ich mich ab und ging zu den Schließfächern. Dabei war ich richtig stolz auf mich. Ich glaube, meine Schwestern hätten das auch mit Blicken geregelt. Wenn Anne Marie oder auch Morgan mich böse anfun-

keln, würde ich am liebsten im Boden versinken. Das hatte ich gut gemacht.

Nach zwei Schritten spürte ich Tommys Hand wieder an meinem Rücken.

Ich fuhr herum, zeigte mit dem Finger auf sein Gesicht und sagte: »Wenn du mich noch einmal anfasst, reiß ich dir dein Ding ab und tacker es dir an den Kopf.«

Sein Grinsen war wie weggewischt. Das der anderen Jungs auch. Die ganze Horde wurde blass. Das war toll.

So selbstbewusst, wie ich es nur hinkriegte, marschierte ich zu meinem Schließfach und versuchte es zu öffnen, aber meine Hände zitterten zu sehr. Ich hielt mich am Schloss fest und machte die Augen zu.

»Super«, sagte Olivia. Sie beugte sich vor und steckte ihren Schlüssel ins Schloss. Als sie sich wieder aufrichtete, grinste sie so breit, dass ihre übereinander gewachsenen Zähne zu sehen waren. »Jetzt hast du's ihnen aber gegeben, Zoe.«

»Ja?«, fragte ich.

»Wow«, bestätigte CJ. »Wo hast du nur diesen Spruch her?«

Ich zuckte mit den Schultern. »Er hat ganz schön dumm geguckt, was?«

Morgan nickte. »Das war ja auch sehr plastisch.«

»Der belästigt dich nicht mehr.« Olivia knallte ihr Schließfach zu. »Ein Sieg der Frauenpower!«

Sie hielt ihre zarte, kleine Hand hoch. Ich klatschte dagegen.

»Wie war's denn gestern Abend?«, fragte CJ. »Mit deinem Dad?«

»Ach ja, richtig.« Morgan schaute mich teilnahmsvoll an. Das war kein Thema, über das ich mich auslassen wollte. »Die reinste Komödie«, sagte ich und fegte die Angelegenheit mit einer Handbewegung beiseite, als handelte es sich um ein Insekt. Ich wollte wieder darauf zurückkommen, wie prima ich Tommy abgebügelt hatte. Meine Schwestern hätten das nicht so gemacht, außer vielleicht Colette, aber Tommy würde mich sowieso nicht mögen, also war das auch egal. »Ihr findet nicht, dass ich zu grob war?«

»Nun ja«, sagte Morgan.

»Was denn?«

»Nichts.« Sie sah CJ an und zog die Augenbrauen hoch.

CJ ließ ihr Schloss zuschnappen und wandte Morgan den Rücken zu. Sie beugte sich zu mir vor und flüsterte: »Hör nicht auf Leute, die Lügen verbreiten.«

Morgan wich zurück.

Ich nickte und richtete mich kerzengerade auf, so wie CJ. Zu diesen großen Mädchen, die sich krumm machen und zu einer Klammer verbiegen, wollte ich nicht gehören. Ich lüge nicht. Na ja, jedenfalls nicht allzu oft. Ich geb mir Mühe, es nicht zu tun. Ich geb mir Mühe, eine wirklich gute Freundin zu sein, nicht so wie andere Leute. Ich hielt den Kopf hoch. Es gab keinen Grund, mich zu entschuldigen.

13

Morgan kniete auf der Bank. Die Tüte mit ihren Mittagsbroten lag ungeöffnet neben ihr. »Ich sag ja nur, dass es ein bisschen grob war.«

»Er hat's verdient«, widersprach Olivia.

»Aber ihr wisst doch, wie Jungs sind«, sagte Morgan und pustete sich die Ponyfransen hoch. »Sie haben bloß rumgealbert. So was muss man mit Humor nehmen.«

Ich biss von meinem Brot ab und fragte CJ: »Was meinst du?« Es machte mich total glücklich, dass sie diesmal auf meiner Seite war und nicht auf Morgans.

CJ zuckte mit den Schultern. »Ich schätze, er hat's verdient. Soll ich dir die Haare hochstecken? Ich glaube, das würde dir gut stehen.«

»Okay.« Ich strich meine laschen Haare hinters Ohr. Allmählich wird's wohl wirklich Zeit, dass ich mir eine richtige Frisur zulege. CJ stellte sich hinter mich. Ich kauerte mich ein bisschen zusammen, damit sie zu meinem Kopf hochkam.

Sie strich mir die Haare aus dem Gesicht, zog sie nach hinten und drehte sie zusammen. »Kannst du mir zwei Spangen geben?«, fragte sie.

Ich gab ihr die beiden Haarklemmen, die ich in die Tasche gesteckt hatte, und CJ bohrte sie in meine Haare. Im ersten Augenblick tat es weh, aber dann war's okay. Ich nahm einen Happen von meinem Brot, während sie ihr Werk auf meinem Kopf begutachtete.

»Hübsch«, sagte sie.

Vorsichtig fasste ich an den Knoten. Er hielt und sah vielleicht sogar elegant aus. Mein Nacken fühlte sich nackt an. Quer durch die Cafeteria konnte ich Tommy sehen. Er war von Jungen umringt, die alle zu uns herüberstarrten. Ich bemühte mich kerzengerade zu sitzen.

»Er hat's verdient, aber was?«, fragte ich CJ.

»Nichts«, sagte CJ und bückte sich schwungvoll aus der Hüfte, um die Serviette aufzuheben, die mir runtergefallen war. »Es ist nur ... du willst doch nicht, dass die Jungs dich für – du weißt schon – unanständig halten.«

»Nein«, bestätigte ich. Ich nahm ihr die Serviette ab und stopfte sie in meine Tüte.

»Das sieht hübsch aus«, sagte CJ. »Meint ihr nicht?«

Ich wandte mich Morgan und Olivia zu.

»Hübsch«, sagte Olivia.

»Ich glaube, Tommy ist ganz schön geknickt«, sagte Morgan und hielt mir ihre Tüte mit Käsegebäck hin. »Du hast ihn sehr gedemütigt.«

»Wirklich?« Ich nahm mir eine Hand voll Gebäck. »Weil ich ihm gesagt habe, er soll das lassen?«

»Sein *Ding*? Und du hast mit dem Finger auf ihn gezeigt, das ist sehr unhöflich.« Morgan fischte sich ein Käseplätzchen heraus und bot als Nächstes Olivia davon an.

»Nein, danke.«

»CJ?«
»Geht leider nicht. Am Samstag fängt der Ballettunterricht wieder an.«
Morgan hielt mir die Tüte wieder hin.
Ich zuckte mit den Schultern und bediente mich. »Aber findest du denn nicht, dass er das herausgefordert hat?«
»Ich mein ja nur.«
»Ich weiß«, sagte ich. Dabei war ich mir keineswegs sicher, ob ich überhaupt etwas verstanden hatte. Ich meine, ich hatte ja nichts Persönliches ausposaunt, zum Beispiel dass er sich vor Donner fürchtet. »Das war doch nur ein Spruch«, erklärte ich. »Nur so was wie: *Jetzt reicht's aber!* Das hat Tommy auch eindeutig so verstanden.«
»Eindeutig?«, fragte Morgan. Sie sah zu den Jungen hinüber.
»Wir sind Kumpel«, sagte ich. »Wir ziehen uns dauernd auf. Ich meine, ich hab's ja auch nicht persönlich genommen, dass er mit meinem BH-Träger geschnipst hat.«
»Nein?«
»Na ja, jedenfalls nicht sehr persönlich.«
»Pass auf. Darf ich ganz ehrlich sein?«, fragte Morgan. Sie beugte sich zu mir vor und heftete ihre sanften braunen Augen auf mich.
»Igitt«, sagte ich. »Wenn's sein muss.«
Morgan holte tief Luft und sagte: »Sieh dir doch mal an, was du anhast.«
Ich legte beschützend den Arm über meine Brust.
»Das ist unfair«, protestierte CJ leise.

»Tut mir Leid«, sagte Morgan. »Aber sie ist eine meiner besten Freundinnen, das bin ich ihr schuldig. Ich mein ja nur ... glaubst du nicht, dass du's nicht vielleicht auch ein bisschen herausgefordert hast?«

»Ich weiß nicht.« Ich schob das Brot beiseite. Jetzt brachte ich keinen Bissen mehr hinunter. Ich verschränkte die Arme vor der Brust, war aber nicht sehr erfolgreich damit, meinen Busen in den Körper zu quetschen. »Ich hab mir nichts dabei gedacht.«

CJ legte mir behutsam die Hand auf den Rücken. »Das solltest du ihm vielleicht sagen.«

»Meinst du?« Im Augenblick war ich viel zu verwirrt, um eine eigene Meinung zu haben. Ich wollte einfach nur nach Hause und mich in Big Blue verstecken.

»Du willst doch nicht, dass er dich hasst, oder?«

»Auf keinen Fall.« *Eigentlich will ich genau das Gegenteil.* »Aber was soll ich machen? Mich entschuldigen?« Ich war fest davon überzeugt, dass sie sagen würde, ich wäre wohl nicht ganz dicht.

CJ nickte. »Ja.«

»Das finde ich auch«, sagte Morgan.

Olivia zuckte mit den Schultern. »Ich bin ja gar nicht richtig mit ihnen befreundet.«

»Ihr müsst aber mitkommen«, verlangte ich, versuchte mit ihnen zu handeln. Mir war überhaupt nicht klar, wofür ich mich entschuldigen sollte. Mir tat eigentlich nur Leid, dass jetzt alle sauer auf mich waren.

»Selbstverständlich«, sagte Morgan. Wir standen auf und knüllten unsere Butterbrotpapiere zusammen. Morgan warf meine Tüte in den Mülleimer. Sie hat einen sehr guten Wurfarm.

»Meinst du wirklich?« Ich sah CJ an. Zu den Jungs gehen und mich entschuldigen war so ziemlich das Letzte, was ich wollte. Aber ich wollte wieder alles in Ordnung bringen – mit Tommy und auch mit ihnen. Offenbar hab ich mit einem Mal überhaupt kein Gespür mehr für zwischenmenschliche Verwicklungen.

CJ strich mir die Haare glatt und flüsterte: »Mhm. Nur keine Bange. Wir sind ja bei dir.«

14

Die Jungs standen hinter Tommy und die Mädchen standen hinter mir. Es kam mir so vor, als hätte es einen Monat gedauert, die Cafeteria zu durchqueren und zu seinem Tisch zu kommen. Ich fasste mir an den Kopf – die Haare waren immer noch oben. So ein Pech. Ich brauchte dringend etwas, um mich dahinter zu verstecken, vor allem seit ich spüren konnte, wie sich kalte Feuchtigkeit unter meinen Armen ausbreitete.

Lass mich nicht wie ein kompletter Vollidiot aussehen, betete ich innerlich, aber wenn ich eine Bestandsaufnahme davon machte, wie ich vor den Jungs dastand, kamen mir doch Zweifel. Schweißflecken, enges T-Shirt, spitze Titten, Klammern im Haar. Wirklich äußerst attraktiv.

»Also, äh …«

Tommy schaute hoch und kniff die Augen zusammen, so als wäre er überrascht mich zu sehen oder als wäre ich nur ein verschwommener Fleck in der Landschaft.

»Ich möchte mich entschuldigen«, sagte ich.

Er schnitt eine Grimasse, die besagte: *Sei nicht so bescheuert.* »Wofür?«

»Weil ich dir damit gedroht habe – du weißt schon, dein Ding abzureißen.«

Ein paar der Jungen lachten. Tommys Faust schoss zur Seite und landete in Gideons Bauch. Daraufhin war Schluss mit dem Gelächter.

Alles wartete. Schließlich zuckte ich mit den Schultern und wandte mich ab. Was soll ich machen, wenn er mir nicht verzeiht? Ich hatte mich entschuldigt. Das musste reichen. Ich konnte ihn nicht zwingen mich zu mögen. Das war klar. Das war Pech.

Tommys Stimme hielt mich zurück. »Mir ging's eigentlich nur darum, dass du's mir an den Kopf tackern wolltest – das hat mir echt gestunken.«

Ich drehte mich noch mal um und sah sein Grinsen.

»Tja ...« Ich lächelte jetzt auch.

Er hielt mir die Hand hin. »Friede.«

Ich nahm seine Hand. Sie war ein bisschen feucht. »Friede«, sagte ich.

Zusammen mit CJ, Morgan und Olivia ging ich hinaus. Wir setzten uns unter die Kastanie, um alles durchzusprechen. Dabei versuchten wir uns an jedes einzelne Wort zu erinnern und stellten Überlegungen an, was er damit gemeint hatte und was die anderen Jungs dachten und ob sie mich jetzt alle für unanständig hielten oder nicht.

»Wahrscheinlich finden sie, dass du echt Stil hast«, sagte CJ. »So wie du angekommen bist und dich entschuldigt hast.« Sie lächelte mir zu.

Olivia hob eine Kastanie auf und fuhr mit dem Daumen über die glatte Wölbung. »Ich finde, er hätte sich auch entschuldigen müssen.«

Ich zuckte mit den Schultern. Ich war einfach nur erleichtert, dass ich's hinter mir hatte und jetzt hoffentlich niemand mehr sauer auf mich war. Auf eine Entschuldigung konnte ich verzichten.

»Er hat das sehr gut aufgenommen«, sagte Morgan ohne auf Olivia einzugehen.

»Ja«, bestätigte CJ. »Es war nett, dass er keine große Sache daraus gemacht hat. Er hat so getan, als wär nichts weiter gewesen.«

»Du magst ihn, stimmt's?«, fragte Morgan.

CJ legte den Kopf auf die Knie und verbarg ihr Gesicht.

»Stimmt's?«, wiederholte Morgan.

CJ hob den Kopf gerade so weit an, dass ihre Augen hervorlugten. Dann verbarg sie ihr Gesicht wieder und nickte ohne uns dabei anzusehen.

»Hab ich's doch gewusst!«, sagte Morgan. »Vor mir kannst du nichts geheim halten.«

Ich stupste CJ gegen die Schulter. »Ich hab's auch gewusst!« Dazu setzte ich ein strahlendes Lächeln auf. Ist doch super, wenn sie ihn mag. Sie ist so süß, wahrscheinlich mag er sie auch. Wie schön.

Während der ganzen Zeit ließ CJ ihr Gesicht nicht sehen. Wir schubsten sie alle, bis sie schließlich vornüberkippte und kichernd sagte: »Okay, okay! Ich geb's ja zu!«

Wir rückten enger zusammen, um einen Schlachtplan zu entwickeln.

»Ich kann's nicht fassen, dass ich ihn mag. Er ist so spöttisch und ekelhaft, aber es stimmt: Ich mag ihn wirklich«, flüsterte CJ. »Was soll ich nur machen?«

Wir rückten so dicht zusammen, dass sich unsere Köpfe schon fast berührten. »Wir müssen uns was einfallen lassen«, sagte Morgan.

»Genau«, pflichtete ich ihr bei.

»Du magst ihn wirklich?«, fragte Olivia. »Er ist nämlich eindeutig ein Ekel.«

»Nicht immer«, sagte ich. »Aber manchmal. Oft. Ein Ekel.«

»Was willst du damit sagen?«, fragte CJ. »Dass ich ihn nicht gern haben soll?«

»Nein«, sagte ich. »Ich hab bloß rumgesponnen.« Damit ich nicht noch mehr Quatsch reden konnte, zog ich die Plastikspitze von meinem Schnürsenkel und kaute darauf herum.

»Was soll ich machen?«, erkundigte sich CJ bei mir.

Ich überlegte, was eine beste Freundin darauf antworten würde. »Hm«, sagte ich. Das war eine große Verantwortung. Wenn ich ihre beste Freundin sein wollte, musste ich mich auch so verhalten. »Kann ich etwas tun?«, bot ich an.

»Nein! Nein, nein, nein. Ach, versprich mir, dass du ihm nichts sagst!« CJs blasse Wangen röteten sich und ihre grünen Augen durchbohrten mich mit ihren Blicken. »Ernsthaft. Stell dir mal vor, er sagt, dass er mich nicht leiden kann. Dann würde ich sterben.«

»Okay«, versicherte ich ihr. Mir sollte es recht sein. »Du kannst mir vertrauen.«

CJ nickte ernst. »Das weiß ich.«

»Wir sagen es niemandem«, sagte Morgan ruhig. »Aber

vielleicht hat Zoe Recht. Sie könnte ihm gegenüber eine Andeutung machen. Und er könnte dann – ihr wisst schon, von sich aus darauf kommen, dass er mit dir gehen will.«

Wir sahen uns an. Niemand hatte gegen diesen Plan etwas einzuwenden. Abgesehen von mir, eine Kleinigkeit.

»Ich?«, fragte ich.

Olivia zuckte mit den Schultern. »Du hast ihn letztes Jahr dazu gebracht, sich mit Morgan zu verabreden.«

»Er ist dein bester Freund«, sagte Morgan.

»Gar nicht wahr!« Das wollte ich klarstellen. »Er ist nicht mein bester Freund.«

»Wie auch immer«, sagte Morgan. »Du bist mit den Jungs enger befreundet als wir anderen. Also ...«

»Mach's nur dann, wenn du es auch wirklich willst«, sagte CJ. »Sie muss es nicht tun.«

»Nein.« Ich lächelte. »Ich tu's gern. Es ist nur – du weißt schon, wenn er mich für unanständig hält, dann ist das für dich vielleicht nicht so ...«

»Aber nein«, fuhr Morgan dazwischen. »Ich glaub nicht, dass er das meint. Das ist Schnee von gestern. Daran denkt kein Mensch mehr. Stimmt doch, oder?«

»Stimmt«, versicherte CJ mir.

»Und vielleicht«, sagte Morgan und zog die Knie zum Kinn hoch, so wie CJ das macht, »vielleicht könntest du bei Jonas wegen mir nachfragen?«

»Hab ich's doch gewusst!«, sagte CJ. »Das ist ja großartig!«

Ich lächelte und nickte. Einfach großartig.

»Aber mach's unauffällig«, fügte Morgan noch hinzu.
»Ich will's versuchen.«
Die restliche Mittagspause redeten wir nur noch darüber, wie lustig es doch wäre, wenn CJ und Morgan mit Tommy und Jonas gehen würden.

15

Als wir zum Englischunterricht in die Klasse kamen, lag auf jedem Platz eine Papiertüte. Ich setzte mich und schaute in meine hinein – nichts drin. Ich sah zu Mrs Shepard hoch, weil ich wissen wollte, was sie vorhatte. Sie hat den Ruf, dass sie Leute zum Heulen bringt, aber ich mag sie echt gern. Sie ist ungefähr eins zwanzig groß und hat eine Figur, als wäre sie in die Schrottpresse geraten. Bei ihr kommt man mit keinem Unfug durch. Sie wird deshalb von manchen »die Sadistin« genannt, aber ich hab bei ihr so ein Gefühl – hey, sie traut uns echt zu, dass wir selbstständig denken können.

Sie stand vor der Klasse, klopfte mit der Schuhspitze auf den Boden und fuhr sich mit der Zunge an die Oberlippe. Devin hat erzählt, dass sie Mrs Shepard das ganze Jahr kein einziges Mal schreien hörte, als sie in der siebten Klasse war. Mrs Shepard kriegte jeden schon mit einer hochgezogenen Augenbraue klein.

Ziemlich schnell kehrte Ruhe ein. »Als Hausaufgabe übers Wochenende ...«

Ein paar Leute stöhnten. Ich nicht; meine Schwestern hatten mich eindringlich gewarnt.

»Hat jemand ein Problem?«

Lou Hochstetter meldete sich. Sie rief ihn nicht auf, sondern warf nur einen erstaunten Blick in seine Richtung.
»Normalerweise geben uns die Lehrer übers Wochenende nichts auf«, sagte Lou. Als sich auf dem Gesicht von Mrs Shepard daraufhin weder weniger Erstaunen noch mehr Zorn abzeichnete, fuhr er fort: »Damit wir uns erholen können.«
Mrs Shepard zog eine Augenbraue hoch. Ich glaube, damit brachte sie ihn zum Schmelzen, jedenfalls sank er auf seinem Platz in sich zusammen. Er sitzt direkt vor mir und ich schwöre, er wurde tatsächlich kleiner.
Nach ungefähr einer Minute sagte Mrs Shepard: »Nun, Mr Hochstetter, willkommen in der siebten Klasse.«
Wir alle rutschten auf unseren Plätzen ein wenig tiefer.
Sie wartete eine weitere Minute. Die Uhr in ihrer Klasse tickt unglaublich laut. »Als Hausaufgabe übers Wochenende«, wiederholte Mrs Shepard und sprach ganz genauso wie beim ersten Mal, ohne Zorn und ohne Stress, »bekommt ihr das Thema: Bring dich in einer Tüte mit.«
Niemand rührte sich und sie fuhr fort. »Ihr sollt im Lauf des Wochenendes zehn Gegenstände sammeln, die in die Tüten auf euren Tischen passen und die, wenn man sie zusammenfügt, die vielen unterschiedlichen Seiten eures Wesens darstellen.«
Ich betrachtete die Tüte, die vor mir auf dem Tisch lag. Wie sollte ich mich darin unterbringen? Ich versuchte mir etwas einfallen zu lassen, was mich darstellen konnte. Big Blue? Meine Schwestern? Meine eingerahmte Urkunde, dass ich in der Sechsten Klassensprecherin war?

Alles viel zu groß. Hey, vielleicht Colettes braunes T-Shirt. Die Tüte war nur eine kleine Butterbrottüte, aber das T-Shirt fühlte sich ziemlich winzig an. Ich zog daran, um es zu dehnen. Nein, dieses T-Shirt stellte auf keinen Fall *mich* dar.

Mrs Shepard wusste offenbar, dass niemand eine Frage stellen würde. Und so machte sie weiter. »Das ist der Einstieg in unsere erste Unterrichtseinheit in kreativem Schreiben. Wir werden uns mit den verschiedenen Möglichkeiten befassen, wie man Charaktere schildern kann. Für die Stunde heute bitte ich euch Zweiergruppen zu bilden und euch gegenseitig zu befragen. Dann schreibt ihr im Stil eines Zeitungsartikels einen Bericht über euren Partner oder eure Partnerin. Geht dabei ins Detail, schreibt über wichtige Ereignisse im Leben eures Gegenübers, listet die Lieblingsspeisen auf und schildert Dinge, die niemand über die betreffende Person weiß ... Seid kreativ, bohrt mit euren Fragen in die Tiefe!«

Sie hörte auf zu reden und fuhr sich wieder mit der Zunge an die Oberlippe. Wir saßen einfach nur da.

»Gibt es ein Problem?«, fragte sie schließlich.

Von mir würde keine Beschwerde kommen, das stand schon mal fest. Ich sah zu Morgan hinüber. Sie fragte gerade CJ, ob sie ihre Partnerin sein wollte.

»Okay«, sagte CJ, dann drehte sie sich um, und als sie merkte, dass ich zu ihnen hinsah, formte sie mit dem Mund die Frage: »Kannst du Tommy nehmen?«

Ich kritzelte auf meinem Blatt herum. Die anderen in der Klasse fingen an ihre Tische zusammenzurücken.

Tommy sitzt neben mir. Ich brauchte mich also nur umzudrehen und zu fragen: »Na?«
»Klar.«
Wir schoben unsere Tische so aneinander, dass wir uns gegenübersaßen, und schlugen unsere Ringbücher auf.
»Willst du zuerst?«, fragte ich.
»Okay.« Er bohrte seinen löschbaren Stift in sein Ringbuch. »Hallo! Wie heißt du, bitte?«
»Lass den Quatsch.« Als ob er meinen Namen nicht ganz genau wüsste!
Er beugte sich zu mir vor und sagte leise: »Für den Fall, dass die Sadistin auch nur halb so grob ist wie du, möchte ich heute kein Risiko mehr eingehen.«
Ich zuckte mit den Schultern. »Na schön. Zoe Grandon.«
Er schrieb meinen Namen auf. Das Z sah wie eine große 3 aus. »Was wiegst du?«, fragte er.
»Halt die Klappe.« Vermutlich mehr als er. Ich verschränkte die Arme vor meiner ausladenden Brust.
»Ich versuch doch nur in dein Inneres vorzudringen, mit meinen Fragen in die Tiefe zu bohren.«
»Kein Kommentar.«
Unter meinen Namen schrieb er: *Reagiert empfindlich, wenn es um ihr Gewicht geht.* Ich kann verkehrt herum lesen und konnte es entziffern, obwohl seine Schrift sehr spitz und eckig ist. Als ich das las, rutschte ich auf meinem Stuhl so tief nach unten, dass ich mich praktisch schon in der Horizontalen befand.
»Wie wär's, wenn wir uns beim Fragen abwechseln?«,

schlug ich vor. Ich traute mir nicht zu, diesen Druck ohne Pause durchzustehen.

»Aber gern«, sagte er und grinste. »Du kannst mich alles fragen.«

Ich schaute auf mein Blatt hinunter und kaute an meinem Kuli. Ohne aufzusehen fragte ich ihn: »Magst du jemanden?«

»Fast alle«, gab er zurück.

Ich versuchte es mit einem angedeuteten Lächeln, das niedlich aussehen sollte. »Aber *magst* du jemanden?«

»Ach so«, sagte er. »Hm. Also, schon irgendwie. Ja.«

Ich sah zu ihm hoch. Er schaute auf seinen Tisch hinunter und saugte die Wangen nach innen. Dabei traten seine Grübchen deutlich hervor. Ich schrieb: *Tommy Levit mag* _______. Meine Schrift ist viel runder als seine. Ich holte tief Luft und fragte: »Wen?«

»Jetzt bin ich wieder dran«, sagte er.

»Okay.«

»Magst *du* jemanden?«

»Ja«, gab ich zu. Meine Beine fingen an zu zittern. »Ich bin dran«, sagte ich und legte die Beine übereinander, damit sie nicht irgendwo dagegen knallten. »Wer ist es?«, fragte ich. »Bei dir. Diejenige, die du magst?«

»Kein Kommentar«, sagte er und kreuzte die Knöchel. »Wen magst du denn so?«

Wenn du nur wüsstest, dachte ich, aber ich flüsterte: »Ebenfalls kein Kommentar.« Wir sprachen beide ganz leise.

Tommy fuhr sich mit der Zunge über die Unterlippe.

»Ist es ... eine, die ich kenne?«, fragte ich.

Er nickte und schaute mich an ohne dabei zu grinsen. So hatte er mich noch nie zuvor angesehen. Wir starrten uns gegenseitig in die Augen.
Auch ich leckte mir die Lippe ab, aber mein Mund war plötzlich wie ausgedörrt, da half das auch nicht viel. Ich sah auf mein Ringbuch hinunter. *Du musst CJ erwähnen*, hielt ich mir selbst vor. *Wenn du eine beste Freundin sein willst, hast du jetzt die Gelegenheit dazu.* »Kann es ...« Ich brachte den Satz nicht zu Ende.
Ich kniff die Augen zusammen. *Frag ihn nicht, was du wirklich denkst. Frag bloß nicht: »Kann es sein, dass ich es bin?« Wenn du das fragst, Zoe, und er sagt darauf: »Nie im Leben!«, dann ist es mit eurer Freundschaft vorbei.*
Er scharrte mit seinen Turnschuhen am Stuhl und forderte mich nicht dazu auf, die Gegenfrage zu stellen. Ich machte mich darauf gefasst, dass er mich fragen würde, ob er denjenigen kennt, den ich mag. Ich klappte den Mund fest zu, damit mir sein Name nicht entschlüpfen konnte.
Als ich die Augen wieder aufmachte, stellte ich fest, dass er mich immer noch ansah. Ich senkte den Blick. War es vielleicht doch möglich, dass er mich meinte? Plötzlich hatte ich das Gefühl, dass es so sein könnte.
Ich wagte mich nicht zu rühren, aus lauter Angst, dass sich das alles als Fantasterei herausstellte. Ich wollte die Möglichkeit noch ein Weilchen genießen. Aber noch bevor ich es fertig brachte, ihm wieder in die Augen zu schauen, holte ich mich selbst auf den Boden der Tatsachen zurück. *Er mag dich nie im Leben*, sagte ich mir. *Jungen*

mögen dich nicht auf diese Weise, hast du das vergessen? Du bist nicht hübsch, du bist einfach sein Kumpel. Bleib auf dem Teppich. Gib's auf.

Er fragte mich nicht, wen ich mag. Vermutlich interessierte ihn das gar nicht. Ich kritzelte auf meinem Blatt das Wörtchen *Falls* in eine Ecke und strich es dann aus. Ich räusperte mich. »Was isst du am liebsten?« Als er keine Antwort gab, ließ ich den Blick wieder zu ihm hochwandern. Er zwinkerte, schaute nach unten und rutschte auf seinem Platz hin und her. »Keine Ahnung. Gestürzten Obstkuchen mit Ananas.«

Ich lächelte ihn an. Das ist eine typische Tommy-Antwort, etwas so Verrücktes, dass man nicht weiß, ob er Witze macht oder nicht. Aber er hing vornübergesunken auf seinem Stuhl und wich meinem Blick aus. Ich malte Kreise auf mein Blatt, kleine Schnörkel in den leeren Raum von *Tommy Levit mag* _______. Die Tinte wurde tiefdunkelblau. Ich kritzelte *CJ* hinein und darüber ein *Z* für mich, aber das war nicht zu erkennen, weil ich über die Buchstaben und dazwischen lauter Schnörkel malte und außerdem noch die Buchstaben *V-I-E-L-L-E-I-C-H-T.*

Als ich merkte, dass ich ein Loch ins Papier gebohrt hatte, riss ich die Seite heraus, knüllte sie ganz fest zusammen und schob sie in die hinterste Ecke meines Pults. Müll. Es stand keine verwertbare Information für meinen Artikel darauf. Auf die nächste Seite malte ich Comic-Figuren, lauter kleine Hunde, bis Mrs Shepard sagte: »Okay. Rückt bitte eure Tische wieder an die richtige Stelle.

Dann schreibt ihr einen Zeitungsartikel über die Person, die ihr befragt habt, und gebt das Blatt am Ende der Stunde bei mir am Lehrertisch ab.«
Ich zerrte meinen Tisch an seinen angestammten Platz zurück. Dabei bekam ich Blickkontakt mit CJ, aber ich zuckte nur mit den Schultern und schaute weg. Ich hatte mich nicht gerade mit Ruhm bekleckert – weder als beste Freundin noch als Reporterin. Ich hab so jemanden gar nicht verdient, dachte ich. Morgan hätte die beiden bestimmt zusammengebracht. Ich wollte nicht zulassen, dass die Arbeit für die Schule meine privaten Kontakte kaputtmachte, aber was sollte ich jetzt schreiben?
Ich schlug ein neues Blatt auf und schrieb in den nächsten fünfzehn Minuten alles nieder, was ich von früher über Tommy weiß, zum Beispiel dass er an seinem Aufschlag arbeitet und dass ihn seine Mutter in peinliche Situationen bringt und dass sein Zwillingsbruder sein bester Freund ist und dass es ihn stolz macht, seinem kleinen Cousin ein guter Freund zu sein. Die Einleitung lautete: *Thomas David Levit behauptet, dass ihm gestürzter Obstkuchen mit Ananas das Liebste auf der Welt sei. Aber die Wahrheit ist komplizierter.*
Als es klingelte, schrieb ich immer noch. Ein Zettel landete auf meinem Tisch, aber ich schob ihn beiseite und legte die linke Hand darüber, damit ich zu Ende schreiben konnte. Auch als ich aufstand, schrieb ich immer noch weiter. Erst als CJ und Morgan an der Tür auf mich warteten und sagten: »Jetzt mach schon! Komm endlich!«, kam ich zum Schluss.

Ich raffte meine Sachen zusammen, knallte Mrs Shepard meine zwei Seiten auf den Lehrertisch und faltete den Zettel auseinander. Obendrauf stand in Tommys spitzer, eckiger Schrift *Nur für Zoe.* Als ich sah, was innen stand, legte ich ihn wieder zusammen und steckte ihn in die Tasche.

»War irgendwas?«, flüsterte CJ und zog mich in Richtung Schließfächer.

Ich zuckte mit den Schultern. Ich konnte nicht sprechen.

»Hast du eine Andeutung gemacht? Was hat er gesagt?«

»Nicht viel.« Ich stieß die Tür zur Mädchentoilette auf.

»Nachher beim Sport?«

»Okay.« Sie lief los, um Olivia und Morgan einzuholen.

Ich schloss mich in einer Kabine ein und faltete den Zettel wieder auseinander. Es war mein eigener, das Blatt, das ich aus meinem Ringbuch gerissen, zusammengeknüllt und vergessen hatte. Unter mein wüstes Gekritzel hatte Tommy mit seinem löschbaren Stift einen neuen Strich gezogen und den freien Platz ausgefüllt. Und das sah so aus:

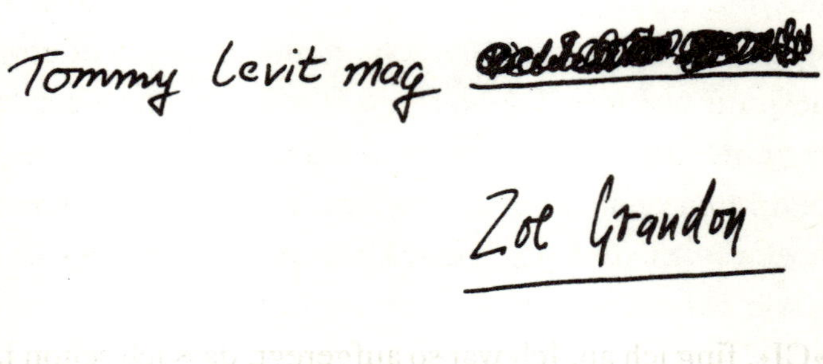

16

»Zoe?«, fragte CJ.

»Hey«, rief ich zurück. Dabei legte ich den Zettel schnell wieder zusammen und steckte ihn ein.

»Alles in Ordnung mit dir?«

»Äh, ja.« Ich machte die Kabinentür auf und trat in das grüne Licht der Mädchentoilette hinaus. Weil ich das Grinsen nicht aus meinem Gesicht kriegte, schob ich mich an CJ vorbei, legte meine Bücher neben dem Waschbecken ab und wusch mir die Hände. »Was gibt's?«, fragte ich, aber dabei dachte ich: *Wie soll ich ihr das nur sagen?* Und: *Wie schaff ich es, nicht mehr wie der letzte Volltrottel zu grinsen?*

»Du siehst nicht so aus, als würd's dir besonders gut gehen«, sagte sie.

»Nein?« Es klingelte. »Wir kommen zu spät«, sagte ich und bückte mich nach meinen Sachen. »Jetzt aber los, sonst sind wir erledigt.« Wer hatte neulich von »erledigt« gesprochen? Ach, Tommy. Ich sah ihn vor mir, wie er gestern Morgen zur Bushaltestelle gerannt kam und sagte, er dachte schon, er wäre erledigt. Tommy. Er mag mich! Mich? Vielleicht würden wir uns jetzt an der Bushaltestelle küssen.

»CJ«, fing ich an. Ich war so aufgeregt, dass ich schon fast platzte. Ich muss es ihr sagen, dachte ich. Nein! Damit mache ich alles kaputt. Aber jemand muss ihm sagen, ja, ich mag ihn auch, damit er weiß, dass er mich fragen kann, ob ich mit ihm gehen will. Allerdings war das noch mein kleinstes Problem.

Ich konnte nicht mehr klar denken. Am liebsten wäre ich zur High School gelaufen und hätte mit meinen Schwestern geredet.

CJ strich mir über die Hand. »Du siehst aus, als ob du gleich weinen würdest«, sagte sie.

Und das machte ich dann auch, ehrlich wahr. Ich fing an zu weinen. Rutschte zu Boden und weinte, mitten in der schönsten halben Stunde meines Lebens. Plärrte laut los. Das Problem *Wie krieg ich nur mein Lächeln weg?* hatte sich damit wohl erledigt. CJ setzte sich neben mich und legte mir den Arm um die Schultern.

»Das mach ich sonst nie«, stieß ich hervor. »Devin sagt, dass in der siebten Klasse alle heulen, aber ich hab ihr gesagt: Ich doch nicht! Und jetzt schau mich an, ich hab noch nicht mal die erste Woche durchgehalten.«

»Wovon redest du überhaupt?«

»Ist doch egal. Die Sache ist die: Ich bin nicht hübsch.«

»Ach, Zoe«, sagte sie. »Ist es deswegen?«

Ich zuckte mit den Schultern. »Ich weiß schon, ihr glaubt, Morgan und du ...«

»Ich nicht!«

»Dass die Jungen mich niemals mögen können ...« Nur habt ihr euch da schwer geirrt! Ätsch! Aber das sagte ich natürlich nicht.

»Das hab ich nie behauptet, Zoe«, sagte CJ.
»Klar.«
»Bestimmt nicht!«, beteuerte sie.
»Schön.« Ich fuhr mir über die Augen.
»Hast du deshalb dieses T-Shirt angezogen?«
Ich zog die Knie bis zur Brust hoch und wandte den Blick von CJ ab. Erst in diesem Augenblick merkte ich, wie sauer ich auf sie war. Ich dachte, ich hätte mich nur davor gedrückt, ihr zu sagen: *Hey, Tommy mag mich, ist das nicht verrückt, gerade jetzt, wo ich ihn mit dir verkuppeln wollte?* Aber ich war so wütend, dass ich sie nicht mal mehr ansehen konnte. Wie hatte ich mir nur wünschen können, die beste Freundin eines Mädchens zu sein, das mich für so wenig begehrenswert hält?
Sie drehte den Kopf hin und her, versuchte Blickkontakt mit mir zu kriegen. »Weißt du, die Jungs werden dich nicht einfach nur für ausladende Titten mögen. Jedenfalls keine netten Jungs.«
»Nein?« *Vielleicht stimmt das gar nicht,* dachte ich. *Vielleicht ist genau das der Grund, warum ein sehr netter, wenn auch manchmal ekelhafter Junge mich auf einmal mag. Aber wenn das so ist – igitt.*
»Nein«, sagte CJ. »Sie werden dich mögen, Zoe, das weiß ich genau. Vielleicht müssen sie dafür nur erst noch ein bisschen ... reifer werden. Aber spätestens in der elften Klasse werden sie bei dir Schlange stehen.«
Ich zuckte mit den Schultern. »In der elften Klasse?«
Sie tippte an meine Turnschuhe. »Du bist nämlich stark und witzig und eine tolle Freundin und nur das zählt.«

»Vielleicht.« Vielleicht mag mich Tommy deshalb – weil ich mit seinem BH-Schnipsen stark und witzig umgegangen bin und nicht so pflaumenweich, nicht wie eine Tussi, die alles mit sich machen lässt. Und es stimmt, ich bin eine gute Freundin – jedenfalls meistens. Das mag ich an mir selbst. Und ich schätze, das mag auch CJ an mir. Gott sei Dank ist das so. Ich meine, ich mag sie ja auch nicht ihres Aussehens wegen. Das wär ja stinklangweilig.

»Tut mir Leid«, sagte sie. »Ich wollte dir nicht wehtun.«

»Ich krieg mich schon wieder ein«, sagte ich. »Friede.«

Sie lächelte und wir gaben uns die Hand darauf. Vielleicht hat es Tommy in Wirklichkeit nur gefallen, wie stark er sich fühlen konnte, als ich in der Cafeteria angekrochen kam und ihn um Verzeihung bat – nachdem er sich wie der letzte Blödmann aufgeführt hatte. Irgendwie passierte jetzt dasselbe mit CJ und mir. Ich bin fies zu ihr und spann ihr Tommy aus und sie entschuldigt sich bei mir. Dafür mochte ich sie nur umso mehr. Irre. Aber so funktioniert das nicht, dachte ich. Wenn Colette sich gestern Abend bei Dad entschuldigt hätte, würde er sie dann nur umso mehr lieben? Wäre er wieder nach Hause gekommen? Also, ja, das hätte er getan, da geh ich jede Wette ein.

»Darum geht's auch gar nicht«, flüsterte ich. »Es ist nur …«

»Was denn?«

»Alle glauben, dass meine Familie so heil und perfekt ist, aber in Wirklichkeit …«

Sie neigte den Kopf ganz nah zu mir heran. »Du kannst es mir sagen, Zoe«, sagte sie. »Ich hab dir ja auch von meiner verrückten Mutter erzählt und du hast es für dich behalten. In jeder Familie gibt es Ärger. Ich sag's keiner Menschenseele, Ehrenwort.«

»Nicht solchen Ärger wie bei uns.«

»Was war los?«

Ich sammelte meine Sachen ein und stapelte sie aufeinander. »Wir müssen nachsitzen, wenn wir Sport schwänzen.«

»Das ist mir egal«, sagte CJ. »Du bist mir wichtiger als der Sportunterricht. Wenn du etwas hast – also, dann rühr ich mich nicht von der Stelle.«

Ich atmete ein paarmal tief durch und ließ mein Mathebuch von meinem Ringbuch rutschen. »Colette hat sich geweigert ihm ihren Nabel zu zeigen und er hat sie als Hure beschimpft«, sagte ich leise.

CJ schüttelte den Kopf, sagte aber nichts.

»Ich meine, sie hat's herausgefordert«, erklärte ich. Es störte mich, wie ich meinen Vater dargestellt hatte. CJ sollte nicht schlecht von ihm denken. »Er hat ihr gesagt, dass sie das Piercing wegmachen soll, und er ist immerhin ihr Vater. Er ist der Herr im Haus.«

»Es ist auch *ihr* Haus.«

»Ja, schon, aber sie weiß doch, mit welcher Reaktion sie ... meine Eltern sind nicht gerade die Lockersten.«

»Trotzdem.«

»Das macht sie dauernd.« Ich rutschte etwas zur Seite, damit ich CJ ansehen konnte. Das lässt sich alles so schwer erklären und ich wusste selbst nicht so recht, ob ich sämtliche Familiengeheimnisse ausplauderte, um CJ nichts davon sagen zu müssen, was wirklich mit Tommy lief – oder ob es genau umgekehrt war.

»Was macht sie?«

»Ich meine, sie hätte einfach Ruhe geben können, aber sie …« Ich zog mein braunes T-Shirt hoch und zeigte meinen Nabel her, wie Colette es gestern Abend gemacht hatte. »Sie hat ihn verhöhnt. Sie macht die ganze Familie kaputt. Ich weiß nicht, wo mein Vater gestern Abend hingegangen ist, aber er ist nicht nach Hause gekommen und ich habe keine Ahnung, ob er überhaupt wiederkommt. So etwas hat er noch nie gemacht.«

»Wow.«

»Ja. Ich darf über solche Sachen eigentlich gar nicht reden.«

»Ich sag kein Wort weiter«, versprach CJ.

Es war so ein gutes Gefühl, alles rauszulassen, dass ich damit weitermachte. »Mittendrin hat meine Mutter für Colette Partei ergriffen – das macht sie immer, sie hält sich für so gerecht, aber mein Dad fühlt sich dann wie … wie der letzte Dreck und das kann ich gut verstehen. Aber ich meine, Mom hat Colette nur in Schutz genommen. Und das soll sie ja auch, sie muss es sogar, es geht ja um ihr Kind. Und sie hatte auch Recht, aber … Ich weiß nicht, was werden soll. Aber wenn sie sich wegen Colette scheiden lassen, dann – ehrlich, dann … Sie geben uns alles. Hast du eine Ahnung, was allein schon die Schuhe für uns fünf kosten?«

»Einen Riesenhaufen Geld?«
»Und dann trampelt Colette so auf ihnen rum. Ich hasse sie.«
CJ nickte.
»Und ihn auch«, sagte ich und hielt dann inne. »Nein, ihn hasse ich nicht. Und sie eigentlich auch nicht. Hass. Das ist ja lächerlich. Ich hasse überhaupt niemanden.«
»Aber natürlich hasst du sie«, sagte CJ.
»Nein. Ich kann alle Welt gut leiden.« Ich ließ den Kopf auf die Hände sinken und atmete in meine Handflächen. Der Knoten, den CJ mir geschlungen hatte, begann sich aufzulösen. Als ich einen Blick zur Seite warf, entdeckte ich eine Haarklammer, die neben meinem Auge nach vorn ragte. Ich riss sie heraus.
CJ lachte ein bisschen und strich mir die Haare glatt, so dass sie mir wieder den Rücken hinunterhingen.
»Ich hatte nur solche Angst«, gestand ich.
»Ist doch klar.«
»Und als sie sagte, er hätte kein Recht, sie jemals wieder anzufassen ...«
»Ja?« CJ wartete auf eine Erklärung.
»Ich meine ... nie wieder?«
»Sie war sauer.«
»Trotzdem«, sagte ich. Es war verrückt, aber das machte mir am meisten aus. Das war so etwas Endgültiges.
»Also, du fällst deinem Vater doch nicht mehr um den Hals und drückst ihn und so, oder?«
»Manchmal schon«, gab ich zu. »Du nicht?«
CJ zuckte mit den Schultern. »Ich weiß auch nicht, in

letzter Zeit kommt mir das irgendwie komisch vor. Aber manchmal tu ich's noch. Wenn ich müde bin. Ich hätte nur nicht gedacht, dass du's noch machst.«

»Vielleicht hör ich in der achten Klasse damit auf«, sagte ich und wischte mir mit der Hand die Nase ab.

CJ stand auf. »Ich auch.« Sie riss ein Stück Toilettenpapier von einer Rolle und gab es mir.

»Klopapier?«, fragte ich.

Sie zuckte wieder mit den Schultern. »Ich weiß nicht, was ich machen soll.«

»Du bist so eine gute Freundin«, sagte ich.

Sie setzte sich wieder zu mir.

Nach einer Weile sagte ich leise: »Ich hab's noch nie zuvor erlebt, dass mein Vater dieses Wort gesagt hat.«

CJ nickte. »Das tut weh.«

»Er muss Nabel-Piercings total hassen.«

»Aber wirklich«, stimmte sie mir zu. »Würdest du nicht im Boden versinken? Wenn mein Vater mich als ...«

»Ich weiß. Mir ging's genauso. Aber Colette schert sich nicht weiter darum.«

»Trotzdem«, sagte CJ. »Ich will auf deinem Dad nicht rumhacken oder so, aber es war ziemlich übel, was er da gesagt hat. Das hätte er nicht tun dürfen, meinst du nicht?«

Ich putzte mir erst noch die Nase und dann sagte ich: »Ja. Das war übel.« Ich atmete tief durch. Die Vorstellung, dass es so einfach sein konnte, machte es leichter und schwerer zugleich. Dad hatte etwas getan, was er nicht hätte tun dürfen. Er war im Unrecht, ganz einfach. »Aber die Sache ist die«, flüsterte ich. »Ich hab ihn trotzdem lieb.«

»Er ist dein Vater.«

»Genau. Danke.« Ich putzte mir noch mal die Nase und warf das Klopapier in den Mülleimer. »Das mein ich ganz ehrlich, CJ. Ich rede sonst nie über solche Sachen. Das darf ich eigentlich auch gar nicht.«

»Mir kannst du alles sagen«, sagte sie langsam.

»Ich weiß«, sagte ich.

»Ich meine – also, ich vertrau dir ja auch.« Sie streckte die Zehen ganz nach vorn. »Voll und ganz.«

»Hm.« Ich legte mein Mathebuch wieder auf mein Ringbuch und rückte es zurecht. »Du magst Tommy wirklich, was?«

Sie nickte. »Aber du brauchst dir keine Sorgen zu machen. Ich würde es nie zulassen, dass ein Junge sich zwischen uns drängt.«

»Ich auch nicht«, versprach ich.

»Meinst du, dass er mich vielleicht auch mag?«

»Das sollte er. Er wäre blöd, wenn er's nicht täte.« Ich strich mir die Haare hinter die Ohren. »Tut mir Leid, dass der Knoten aufgegangen ist.«

»Ich glaub, es gefällt mir besser, wenn du die Haare offen trägst.« Sie holte mein Haar hinter den Ohren hervor, so dass es an den Seiten nach vorne fiel. »Das sieht mehr nach dir aus.«

»Wer immer das sein mag.«

»Meine beste Freundin«, sagte sie. »Also sei gefälligst nett zu ihr, ja?«

17

Als ich aus dem Schulgebäude kam, saßen die meisten schon im Bus. Es war nicht aufgefallen, dass wir Sport geschwänzt hatten, zumindest bis jetzt noch nicht. An der Mauer verabschiedete ich mich von CJ und versprach sie nachher anzurufen.

Jonas saß hinten im Bus und kritzelte in seinem Ringbuch herum. Tommy war durch den Mittelgang von ihm getrennt. Er saß ebenfalls allein und schaute aus dem Fenster. Langsam ging ich durch den Gang nach hinten und hörte dabei die Türen zugehen. Genau in dem Augenblick, als ich auf den Platz neben Tommy plumpste, fuhr der Bus los.

Tommy ließ sich nicht anmerken, ob er mich überhaupt wahrnahm. Erst nach dem ersten Halt reagierte er auf meine Anwesenheit. »Du hast Sport geschwänzt«, sagte er, wobei er immer noch zum Fenster hinausschaute.

Ich platzte heraus: »Magst du CJ?«

Er drehte sich um und schaute mich an, mit einem Gesicht, das ein einziges Fragezeichen war. Ich wich seinem Blick aus und schaute zu Boden, zu meinen Turnschuhen hinunter, betrachtete meinen ausgefransten Schnürsen-

kel. Sie ist meine beste Freundin. Sie ist die beste Freundin, die ich je hatte.
Tommy zupfte die Haut von der Schwiele, an der er gerade zugange war. »Hast du meinen Zettel gelesen?«, fragte er leise.
»Hey, Zoe!«, rief Jonas über den Mittelgang herüber. »Wir gehen heute Abend zum Bowling. Kommst du mit?«
»Geht nicht«, log ich.
Ich liebe Bowling und wünschte mir nichts sehnlicher als heute Abend nicht zu Hause sein zu müssen. Aber …
»Ach«, sagte Jonas. Er lehnte sich wieder zurück und zog die Beine auf den Sitz.
»Wenn du gern mit CJ gehen würdest«, flüsterte ich in die Richtung von Tommys Knie, »dann solltest du sie fragen.«
Er sagte nichts darauf.
Die Heimfahrt zog sich endlos hin. Ich nahm meinen armen Schnürsenkel so in die Mangel, dass nur noch dünne Fäden davon übrig blieben. Es gibt doch diesen Spruch: *Gott sei Dank, es ist Freitag!* O ja! Wenigstens brauchte ich Tommy zwei volle Tage lang nicht mehr unter die Augen zu treten.
Noch bevor der Bus hielt, stand ich schon auf. Und als ich den Bus hinter mir losfahren hörte, war ich bereits einen halben Häuserblock weiter. Aber Tommy und Jonas nehmen immer die Abkürzung durch unseren Garten. Während ich mit meinem Schlüssel am Kücheneingang herumfummelte, kamen sie direkt an mir vorbei.

»Vielleicht sehn wir uns ja morgen?«, rief Jonas. »Wollt ihr wieder den ganzen Tag Tennisbälle durch die Gegend schlagen?«
Ich sah Tommy an.
Er sah mich an. »Nein«, sagte er und sprang über den Zaun.

18

»Du musst dir etwas aussuchen, was du an dir hervorheben willst.«

»Ach ja?« Ich stieß mit den Füßen gegen das Schränkchen unterm Waschbecken und versuchte mir etwas auszusuchen.

»Ja«, sagte Colette. »Mach schnell. Daddy hat eine Nachricht hinterlassen, dass er um sechs nach Hause kommt, und da möchte ich weg sein.«

»Hm ...« Ich fand nichts, was an mir hervorgehoben werden sollte. Die Nässe vom Waschtisch drang zu meinem Hintern durch. Sobald ich nach Hause gekommen war, hatte ich mir Colettes braunes T-Shirt heruntergerissen. Mit so einem Ding, das kaum größer als ein Heftpflaster war, bekam man ja doch nur Ärger. Stattdessen kuschelte ich mich jetzt in Big Blue. Das war richtig tröstlich.

Anne Marie kam herein und holte einen Mascara-Stift aus dem Medizinschränkchen.

»Zoes Augen oder den Mund?«, fragte Colette. »Was soll man hervorheben?«

»Die Augen«, sagte Anne Marie. »Zoe hat die besten Augen der Familie.« Sie beugte sich zum Spiegel vor, um die Wimperntusche aufzutragen.

»Wie sind meine Augen?« Ich drehte mich um und betrachtete mich im Spiegel. Mir war noch nie aufgefallen, wie meine Augen aussahen. Die anderen sagten zwar dauernd, dass ich die besten Augen in der Familie habe, aber ich hatte immer geglaubt, dass sich das auf meine Sehschärfe bezog.

»Sollen wir dich schminken?«, bot Anne Marie mir an.

Ich zuckte mit den Schultern. »Im Moment hab ich sowieso nichts vor.«

Colette strich mir gerade Lidschatten auf die Augenlider, als es an der Haustür klingelte. Bay rief: »Hey, Zoe! CJ ist gekommen!«

»CJ? Komm rauf! Wir sind alle im Bad.«

Während CJ die Treppe hochstieg, fragte mich Anne Marie: »Magst du jemanden?«

»Ich glaube eher, jemand mag *sie*«, sagte Colette. »Das will sie nur nicht zugeben.«

Anne Marie machte große Augen und murmelte: »Ich muss mir auch mal dein T-Shirt ausleihen, Colette.«

»Das lag nicht am T-Shirt!«, schrie ich.

Alle beide wichen einen Schritt zurück.

CJ machte langsam die Badezimmertür auf. »Zoe?«

»Komm nur rein.«

»Hast du Zeit?«

»Ja.« *Frei wie ein Vogel am Himmelszelt, ungebunden, mit aller Zeit der Welt.*

»Ich kann auch ein andermal wieder kommen. Ich hätte vorher anrufen sollen.«

»Mach dir deshalb keinen Kopf. Was gibt's?«

Colette und Anne Marie standen immer noch da und starrten mich an, weil ich sie angeschrien hatte. Sonst schreie ich nämlich nie. Ich konnte nur hoffen, dass sie vor CJ keine Bemerkung darüber machen würden.

»Er hat mich gefragt, ob ich mit ihm gehen will«, sagte CJ.

Ich fuhr zusammen. Der Eyeliner, den Colette mir gerade auftupfte, zog eine Zickzackspur durch mein Gesicht.

»Zoe!«, schimpfte sie, aber ich kümmerte mich nicht darum.

»Was? Wann?«

»Gerade eben«, sagte CJ. Sie gab sich solche Mühe, nicht zu strahlen, dass ihr Gesicht ganz finster dreinschaute. »Vorhin. Er hat mich angerufen.«

Devin stieß die Tür auf und knallte damit gegen CJ, die daraufhin in Richtung Badewanne flog. Unser Bad ist nicht sehr groß; tatsächlich wird's schon eng, wenn nur zwei Leute darin sind. Trotzdem drängeln wir uns oft alle auf einmal hinein.

»Hoppla«, sagte CJ.

»Tut mir Leid«, sagte Devin. Sie ging zum Klo, zog die Hosen herunter und fing an zu pinkeln. Mir fiel auf, dass CJ rot wurde und sich abwandte. Bei mir zu Hause gibt es keine Hemmungen. Die kann man sich bei uns nicht leisten.

»Macht nichts«, murmelte CJ zur Badewanne hin.

»Wer will mit dir gehen?«, fragte Colette, während sie mir den Eyeliner von der Backe wischte.

»Tommy Levit.«

»Tommy Levit?«, fragte Anne Marie. »Bei Tommy war ich früher Babysitter.«

»Inzwischen ist er größer geworden«, sagte ich. Ich kann's nicht ausstehen, wenn sie so erwachsen tut. Also wirklich!

Sie zeigte auf mein Sweatshirt. »Wird dieses Ding eigentlich jemals gewaschen?«

»Das ist Big Blue«, erklärte ich.

Devin schüttelte den Kopf. »Sie wäscht es nie. Sie hat Angst, dass es sich dann in seine Bestandteile auflöst. Es ist praktisch ihre Schmuse-, Schutz- und Rettungsdecke.«

»Genau wie bei dir Old Yellow«, zog Anne Marie sie auf.

»Ja, Devin«, sagte ich. Früher hat sie jede Nacht in Old Yellow geschlafen. Das Ding war so verblichen, dass es schon gar nicht mehr gelb war, nur noch alt.

Devin zuckte mit den Schultern. »Kann ja sein, aber in der siebten Klasse hab ich mich mit Jungs befasst und nicht mehr mit Sweatshirts, herzlichen Dank.«

»Lass Zoe nur Zeit«, sagte Anne Marie. Sie trug etwas Rouge auf und fragte: »Was hast du heute Abend vor, Colette?«

»Daddy aus dem Weg zu gehen.«

»Sehr gut«, sagte Anne Marie. Colette und Daddy waren sich noch nicht wieder begegnet und alle waren damit zufrieden.

»Genau«, sagte Colette. »Ich werde bei Matthäus rumhängen.«

»Matthäus?«, fragte Devin. Sie betätigte die Klospülung und quetschte sich dann zwischen Anne Marie und Colette hindurch, um ans Waschbecken zu kommen. »Du meinst Matt O'Donnell?«

»Er hat seinen Namen geändert«, sagte Colette. Ihre Stimme klang ziemlich schwach.

Wir brüllten vor Lachen. »In Matthäus?«, fragte ich.

»Also wirklich«, sagte Anne Marie. »So was Hochgestochenes ...«

»Du könntest ihm den Kosenamen ›Säuli‹ geben«, schlug ich vor. Ich war heilfroh, dass jetzt wieder Colette im Mittelpunkt stand und nicht mehr ich und die Frage, ob ich Jungs oder Sweatshirts mochte. Kann man nicht beides mögen?

»Hey«, sagte Colette. »Jetzt pass mal auf, Zoe. Sieh dich an.« Ich drehte mich zum Spiegel um und musste ein paarmal blinzeln. Mit dem Make-up sah ich älter aus. Ich war mir nicht sicher, ob ich mir so gefiel. Aber mir fiel auf, dass ich wirklich schöne Augen habe.

»Hat jemand meinen Mascara-Stift gesehen?«, rief Mom aus ihrem Zimmer. Colette schraubte den Stift schnell zu und legte ihn ins Medizinschränkchen.

»Nein!«, riefen wir alle.

CJ lächelte. »Hier geht es immer so lustig zu.«

Devin tupfte etwas Pickel-Creme zum Abdecken auf und verließ das Bad. Im Gehen warnte sie Colette: »Es ist schon halb sechs.«

»Ich weiß«, sagte Colette. Sie legte mir noch schnell etwas Rouge auf die Wangen.

»Das reicht jetzt«, sagte ich.
»Ist doch gut so.«
»Es ist sowieso egal, wie ich aussehe.«
»Du siehst gut aus«, sagte CJ. »Anders, aber gut.« Sie hockte auf dem Badewannenrand.
»Wie bist du hergekommen?«, fragte ich. »Ist deine Mutter unten?« Ich sah vor mir, wie Dad früher nach Hause kam, während Colette noch da war, und wie speziell für Mrs Hurley ein großes Grandon-Familiendrama aufgeführt wurde. Das war das Letzte, was ich wollte.
»Nein«, sagte CJ. »Ich war so aufgeregt, dass ich es dir gleich erzählen musste. Da bin ich mit dem Rad zu dir gefahren.«
»Das sind fünf Meilen!«
Sie zuckte mit den Schultern. »Ich musste es dir erzählen.« Sie fröstelte ein wenig in ihrem dünnen T-Shirt. Sie ist so zierlich, dass man ihre Schlüsselbeine sehen kann. Das ärgerte mich. Die dünnen Mädchen kriegen die Jungs. Anmutige, niedliche, süße kleine Mädchen, die so lieb sind, dass sie fünf Meilen durch die Kälte radeln, um einer Freundin aufregende, schreckliche Neuigkeiten zu berichten. Jetzt hasste ich sie wieder.
Er hat mich gemocht, nicht dich, dachte ich. »Am Nordpol würde ich länger durchhalten als du«, sagte ich.
»Wie bitte?«
Klar, CJ hatte keine Ahnung, warum ich so sauer auf ihr hübsches, zierliches kleines Ich war. *Krieg dich wieder ein, Zoe. Er hat dich gemocht. Du hast eine Entscheidung getroffen.*

Und sie ist eine gute Freundin. Deine beste Freundin. Freu dich für sie.

»Mach einen Kussmund«, wies Colette mich an.

»Ich hab doch keine Ahnung, wie das geht«, gab ich zurück.

»Das kommt schon noch«, sagte Anne Marie. »Eines Tages.«

»Also los, CJ«, sagte ich und schürzte die Lippen. »Erzähl uns, was war.«

CJ lächelte. »Er hat angerufen und mich am Telefon gefragt, ob ich mit ihm gehen will.«

»Verbatim«, sagte Anne Marie zu CJ.

»Bitte?«

»Wir wollen alles Wort für Wort hören«, erklärte Anne Marie.

CJ sah ganz begeistert aus. Ich bekam einen Krampf in den Lippen.

»Er sagte: ›Hallo, CJ?‹ Und ich sagte: ›Ja.‹ Und er: ›Hier spricht Tommy‹, und da hab ich ›Hallo‹ gesagt und er legte los: ›Willst du mit mir gehen?‹ Und ich sag: ›Okay.‹ Und er: ›Okay, dann bis Montag.‹ Das war's!«

Ich schaute von meinem zerfransten Schnürsenkel auf und sagte: »Ist ja super, CJ.«

Anne Marie lehnte sich an den Waschtisch. »Es gibt doch noch wahre Romantik.«

»Was hast du ihm gesagt, Zoe?«, fragte CJ. »Irgendwas musst du ihm im Bus doch gesagt haben.«

»Ich hab eine Andeutung gemacht«, sagte ich und schloss die Augen.

»Du bist eine so gute Freundin«, sagte CJ.

Colette drehte mein Gesicht hin und her und unterzog mich einer gründlichen Musterung. »Du siehst hinreißend aus«, sagte sie. »Und ich mach mich vom Acker.« Sie klappte ihr Make-up-Täschchen zu, zog sich die Lippen nach und verabschiedete sich.

»Danke!« Ich betrachtete mich im Spiegel. Ich sah aus, als müsste ich mal gründlich abgeschrubbt werden. So nennt Mom das immer.

Anne Marie sagte: »Also, ich klemm mich mal wieder hinter die Schulbücher.«

»Sie ist bestimmt sehr gescheit«, sagte CJ, als Anne Marie gegangen war.

»Das ist sie«, flüsterte ich. »Aber sie lernt jetzt nicht. Sie schaut durchs Fenster auf die leere Auffahrt und wartet, ob Chris Boynes vielleicht vorbeikommt.«

CJ nickte wissend. »Wir sind doch alle bescheuert, was?«

»Ja«, sagte ich.

»Nur du nicht, Gott sei Dank.«

»Genau«, sagte ich. »Komm, wir gehen in mein Zimmer. Möchtest du zum Essen bleiben? Ich geh nämlich nicht zum Bowling oder sonst was. Ich bleib einfach zu Hause und Colette ist weg, ich meine, sie sitzt normalerweise neben mir, wenn du also möchtest ...« Was ich eigentlich sagen wollte, verschwieg ich: Es ist weniger wahrscheinlich, dass Mom und Dad sich streiten, wenn wir einen Gast haben.

»Geht leider nicht«, sagte CJ. Sie setzte sich auf mein Bett und fröstelte wieder. Wie sie so dasaß und die Arme

um sich schlang, sah sie so zerbrechlich zart aus, dass ich Big Blue auszog und es ihr zuwarf.
»Danke«, sagte sie und zog es an. »Stimmt es, was deine Schwestern über dieses Sweatshirt gesagt haben?«
»Kein Problem«, sagte ich und holte ein rotes Sweatshirt aus der Kommode. Es ist zwar nicht so seidenweich wie Big Blue, aber doch auch ganz schön.
»Herrlich kuschelig«, sagte CJ anerkennend.
Ich nickte. Vielleicht werde ich wirklich erwachsen. Es machte mir nämlich nur ein bisschen aus, sie darin zu sehen. Ich ließ mich auf Devins Bett nieder.
»Hey«, sagte CJ. »Ich möchte noch was anderes loswerden. Du kannst Nein sagen, wenn du nicht willst. Aber ich hab mir überlegt ... Morgen hab ich Ballettstunde, aber möchtest du vielleicht am Sonntag in die Juwelierecke im Kaufhaus gehen und diese Freundschaftsringe besorgen? Mit mir?«
»Ja«, sagte ich. »Ja, klar.«
Sie streichelte Big Blue. »Ich werde meinen nie abnehmen.«
»Ich auch nicht«, sagte ich. »Ob Morgan sauer wird?«
CJ zuckte mit den Schultern. Ich auch.
»Super.« Sie stand auf. »Ich muss jetzt los – meine Mutter hat gar nicht gemerkt, dass ich weg bin. Sie würde mich umbringen, wenn sie's wüsste. Während der Ballett-Saison soll ich nämlich nicht Rad fahren, um mich keiner Verletzungsgefahr auszusetzen. Vielleicht hör ich mit dem Ballett auf. Meine Mutter treibt mich noch zum Wahnsinn damit. Du hast doch niemandem was davon gesagt, oder?«

»Natürlich nicht«, sagte ich. »Du kannst dich auf mich verlassen.«

»Das weiß ich.« Sie zog Big Blue über den Kopf.

»Nimm es mit nach Hause«, bot ich ihr an. »Es ist ganz schön kalt geworden.«

»Bist du sicher?«

»Du kannst es mir ja am Sonntag wiedergeben«, sagte ich. »Oder es eine Weile behalten, wenn du möchtest.«

»Danke.« Sie krempelte die Ärmel hoch. »Hey, hast du Jonas wegen Morgan gefragt?«

Gib mir sofort mein Sweatshirt zurück, dachte ich. Aber ich lächelte und sagte: »Es hat sich keine Gelegenheit ergeben.« Ehrlich gesagt kann ich mir nicht vorstellen, dass es besonders lustig wäre, wenn sie und Tommy und Morgan und Jonas alle zusammen gehen. Ich malte mir aus, wie sie paarweise den Gang entlangzogen, an den Schließfächern vorbei, und über einen Laufsteg die Arche Noah bestiegen. Ich glaube nicht, dass Noah die besten Freundinnen der Pärchen mitfahren ließ.

»Na, dann irgendwann mal.« CJ hüpfte durchs Zimmer. »Und wir treffen uns am Sonntag. Das ist so aufregend, nicht wahr?«

»Ja«, sagte ich.

19

Am nächsten Morgen blieb ich im Bett, bis mein Magen unerträglich knurrte. Der Duft von Daddys Pfannkuchen machte meinen Plan zunichte, mich für den Rest meines Lebens unter der Bettdecke zu verkriechen. Ich schlüpfte in das rote Sweatshirt, zog Socken an und schlitterte zum Esszimmer hinunter.

»Oh, die Auferstehung der Toten«, sagte Mom. Sie hatte sich die Haare schon gemacht und war voll geschminkt. Sie sah hübsch aus.

Ich sank auf meinen Platz neben Colette und erst dann ging mir auf – hey, sie ist da, sie ist da! Sie futtert seine Pfannkuchen. Von den anderen schien das zwar niemand zu bemerken, aber es stand schließlich etwas Leckeres auf dem Tisch und in meiner Familie ist Essen eine ernsthafte Angelegenheit.

Dad legte mir drei vollkommen kreisrunde Pfannkuchen auf den Teller und Bay reichte mir den Ahornsirup.

»War's schön gestern?«, erkundigte sich Anne Marie bei Mom.

Mom und Dad waren gestern Abend im Kino gewesen, nur sie beide. Sonst ziehen sie normalerweise mit einer Gruppe von Freunden los, wenn sie ausgehen.

»Ja«, sagte Mom strahlend. »Wir waren hinterher sogar noch Eis essen. Wie bei einem Date.«
Bay sah mich über den Tisch hinweg an und verdrehte die Augen. Wir alle beugten uns tief über unsere Teller. Es ist so peinlich, wenn sie sich wie Teenager aufführen.
»Wer will noch was?«, fragte Dad. »Anne Marie?«
»Einen kleinen«, sagte sie.
»Bay?«
»Immer her damit.«
»Devin?«
Er hat sie übergangen, dachte ich. Er hat Colette übergangen. Was hat das zu bedeuten?
»Okay«, sagte Devin. Dad legte ihr auf. Ich spürte, wie Colette neben mir alle Muskeln anspannte. Mom, die auf der anderen Seite neben mir saß, hielt den Atem an.
»Zoe?«
Ich hielt meinen Teller hin.
»Colette?«
»Nein, danke«, sagte Colette.
Jetzt atmete niemand mehr. Ein Brocken Pfannkuchen lastete schwer auf meiner Zunge.
»Okay«, sagte Dad. Er ließ den Pfannkuchen vom Bratenwender auf meinen Teller gleiten. »Okay.«
»Vielleicht einen ganz kleinen«, sagte Colette.
Dad lächelte, fischte einen Pfannkuchen hervor, der nur ein Viertel so groß war wie die andern, und legte ihn auf Colettes Teller.
»Die sind lecker«, murmelte Colette.
Er nickte. Mom machte ein Gesicht, als hätte sie im

Lotto gewonnen. Sie goss mir so viel Saft ein, dass mein Becher fast überfloss. *Hurra, hurra,* dachte ich, *sie halten das Frühstück durch ohne sich in die Haare zu kriegen. Wahnsinn!* Mom sagt, man muss auch die kleinen Siege feiern. Ich schüttete meinen Saft in mich hinein.

Nach dem Frühstück ging ich wieder nach oben und kuschelte mich in mein ungemachtes Bett. Als Devin hereinkam, schrie sie auf. Daraufhin schrie ich auch. Sie schrie noch mal.

»Was ist los?« Ich zitterte am ganzen Körper.

»Mir ist fast das Herz stehen geblieben!«, beschwerte sie sich. »Was machst du denn hier?«

»Ich wohne hier«, erinnerte ich sie.

»Es ist halb elf«, protestierte sie. »Bist du krank?«

»Nein.« Ich drehte mich zur Wand. Leider gab es keine Tapete, an der ich zupfen könnte. Unsere Wände sind einfach nur gestrichen. Mir blieb also nichts anderes übrig als mit dem Mittelfinger T-O-M-M-Y in winzigen Buchstaben an die Wand zu schreiben.

»Du gehst nicht nach nebenan und nervst Tommy?«

»Nee.« Ich hörte mit dem Schreiben auf, für den Fall, dass Devin meine Buchstaben irgendwie lesen konnte.

»Was hast du heute vor?«, fragte sie.

»Mich nicht von der Stelle zu rühren.«

»Den ganzen Tag?«

Ich schüttelte den Kopf. Sie setzte sich zu mir auf die Bettkante. Ich überlegte mir, ob ich sie wegschicken sollte, aber stattdessen rutschte ich zur Seite und machte ihr Platz.

»Du magst ihn, nicht wahr?«, fragte sie. »Tommy.«
Ich nickte.
»Und?«, fragte Devin. »Mag er dich auch?«
Ich zog seinen Zettel unterm Kopfkissen hervor und hielt ihn Devin hin. Ich hörte das Papier knistern, als sie ihn auseinander faltete. Sie kreischte auf und umarmte mich von hinten. Dann fragte sie: »Aber was ist mit CJ? Hat sie nicht gestern gesagt, dass ...?«
»Ich hab die beiden verkuppelt.«
»Nachdem er dir das hier gegeben hat?«
»Sie ist meine beste Freundin.«
»Herzlichen Glückwunsch«, sagte Devin und stand auf. »Jetzt ist es so weit. Deine Hormone spielen verrückt.«
Das musste ich mir erst durch den Kopf gehen lassen. »Meinst du?« Ich wälzte mich herum und sah, dass Devin nickte. Daraufhin setzte ich mich auf und raffte die Bettdecke auf dem Schoß zusammen. »Wie lange hält das an?«
Sie zuckte mit den Schultern. »Es hat dich ganz schön erwischt, was?«
»Wahnsinn«, sagte ich. »Ich meine, eben noch bin ich ...«
»Ja, und im nächsten Augenblick – peng!«
»Genau«, bestätigte ich. »Ich hab mich verliebt. Schlagartig bin ich ein kompletter Idiot, denke immer nur an ihn und kann nicht damit aufhören. Ist dir schon mal aufgefallen, was für süße Grübchen er hat?«
»Nein. Aber ...«
»Aber«, sprach ich ihr nach. »CJ ist meine beste Freundin und sie hat zuerst gesagt, dass sie ihn mag. Ich meine, wir

wollen uns morgen Freundschaftsringe kaufen. CJ und ich. Wie kann ich ihr da ...«

»Wo?«

»Die Ringe?«

»Ja.« Devin stellte den linken Fuß auf den rechten und wartete.

»Im Kaufhaus.«

»Ach, die hab ich gesehen«, sagte Devin. »Sie gefallen dir?«

»Dir nicht?«

Sie zuckte mit den Schultern.

»Es ist einfach schön, mal was für mich allein zu haben.«

»Aber hat CJ dann nicht genau den gleichen Ring?«, fragte Devin.

»Ja, aber ... Ist ja egal.« Und ich hatte mich schon gewundert, dass ausgerechnet Devin so viel Verständnis für mich hatte. Die Schwester, die mich am meisten piesackt. Ich hätte wissen müssen, dass ich ihr kein Wort glauben kann.

»Glaub mir«, sagte Devin. »Es wird euch noch Leid tun, wenn ihr die Ringe kauft. Irgendwann verliert eine Freundin den Ring oder trägt ihn nicht mehr oder sonst was. So läuft das jedes Mal. Ehrlich. Wenn man Freundschaftsringe kauft, sind die Konflikte schon vorprogrammiert. Am Ende stehen Tränen. Und weißt du was, Zoe? Du wirst diejenige sein, die weint.«

»Seit wann kannst du hellsehen?« Ich ließ mich wieder aufs Bett plumpsen, drehte mich zur Wand und malte wieder mit dem Finger Tommys Namen.

Ich hörte, wie Devin die Beleuchtung an ihrem Spiegel anmachte. Wieso erzähl ich überhaupt etwas? Ich sollte alles für mich behalten und außer CJ niemandem mein wahres Ich zeigen. CJ kann ich alles sagen. Sie verhöhnt mich nicht, hält mir keine Vorträge und behandelt mich nicht wie ein Baby. Ihre Freundschaft ist das Wichtigste in meinem Leben. Sie ist jedes Opfer wert.

Nur das mit Tommy kann ich ihr nicht sagen. Mit wem soll ich jetzt Tennis spielen? Wen soll ich aufziehen? Und beim Bowling schlagen? Und, okay, ich geb's ja zu – mit wem soll ich flirten? Sonst kann ich CJ alles sagen, aber das nicht.

Devin knipste ihren elektrischen Spiegel aus und ging. Ich zog mir die Decke über den Kopf und blieb im Bett. Als Mom mich dort entdeckte, sagte ich ihr, ich hätte Kopfschmerzen und müsste schlafen.

»O nein, nicht du auch noch«, sagte sie.

»Wieso? Wer hat sonst noch Kopfschmerzen?«

Mom schüttelte den Kopf. »So geht das in der siebten Klasse los. Ich hab das schon viermal mitgemacht.«

Ich rührte mich nicht, als Mom meine Jalousien hochzog.

»Kann ich nicht mal vorgetäuschte Kopfschmerzen für mich ganz alleine haben?«, fragte ich.

»Ruh dich nur aus«, sagte Mom im Hinausgehen. »Wir haben erst September.«

Ich blieb den ganzen Tag im Bett und lauschte dem *Wumm-wumm-wumm* von Tommys Tennisbällen, die er nebenan ans Garagentor schlug.

20

Der Schaukasten im Kaufhaus beschlug von unserem Atem. Mrs Dodge kam angewatschelt und fragte: »Ja?«

Mit sicherer, selbstbewusster Stimme sagte CJ: »Wir möchten uns gern mal die Ringe ansehen. Diese beiden Freundschaftsringe, bitte.«

Mrs Dodge tippte mit dem Finger auf einen glänzenden Ring in Grün und Gold. CJ und ich schüttelten den Kopf. Sie tippte auf einen mattierten Silberring, von dem ein großer, unechter Diamant herabhing. Wieder schüttelten wir den Kopf. Schließlich tippte sie an einen der Silberringe mit dem Knoten in der Mitte. Ein schlichter Ring, aber wunderschön, da konnte Devin sagen, was sie wollte.

CJ und ich nickten.

Mrs Dodge nahm ihren knubbeligen Finger von dem Ring und schloss die Tür zum Schaukasten ab.

»Die wollen wir haben«, protestierte CJ.

»Wart's nur ab«, sagte Mrs Dodge. Sie griff unter die Theke und zog etwas hervor, was sich wie ein Schubfach aus Pappe anhörte.

»Wir haben schon alles geklärt«, sagte ich. »Ehrlich.«

Mrs Dodge schüttelte den Kopf und sagte: »Ich hab's

gehört. Immer mit der Ruhe.« Sie holte eine Plastiktüte voller Freundschaftsringe heraus, die alle aus Silber waren und einen verschlungenen Knoten hatten. Ungefähr ein Dutzend davon kippte sie auf die Theke und sagte: »Sucht euch die passende Größe heraus.«

Ich breitete die Ringe auf dem schwarzen Samtviereck aus und wir betrachteten sie.

»So viele«, sagte ich. Natürlich hatte ich nicht geglaubt, dass die beiden Ringe im Schaukasten auf der ganzen Welt die einzigen ihrer Art waren, aber eine ganze Plastiktüte voll unterm Ladentisch ... Olivia konnte jederzeit ankommen und sich auch einen kaufen. Und auch Roxanne und sogar Gabriela. Sogar Morgan.

»Ist doch egal«, flüsterte CJ und mir kam es so vor, als hätte sie meine Gedanken gelesen. Sie nahm einen Ring und steckte ihn an den Finger. Er war so groß, dass er gleich wieder runterrutschte, als sie die Hand nach unten hielt. Ich nahm ihn und versuchte hineinzukommen, konnte ihn aber kaum über das erste Fingerglied ziehen. Ich ließ ihn auf das Viereck zurückfallen und sagte: »Na ja.«

»Na ja«, sagte auch CJ. Wir lachten und suchten weiter.

Wir fanden beide einen, der uns passte. Der Ring war leichter, als ich ihn mir vorgestellt hatte. *Das ist es*, dachte ich. *Jetzt hab ich etwas Eigenes. Genau das, was ich mir so gewünscht habe.* Ich lächelte CJ an, musste den Blick dann aber abwenden. Ich glaube, ich hatte erwartet, dass ich vollkommenes Glück empfinden würde. Und das ging nicht. Nicht ganz, nicht vollkommen.

»Den geb ich in meine Papiertüte«, sagte ich und strich mit dem Daumen über den Ring. »Um mich selbst darzustellen.«

»Ach, ich hab noch gar nichts reingetan. Und du?«

»Nein«, log ich. »Bis jetzt noch nicht.«

»Ich gebe meinen Ring auch hinein. Ist das okay?«

Ich zuckte mit den Schultern. »Klar. Ich käm mir blöd vor, wenn du's nicht tust.«

»Super«, sagte CJ. »Den Ring und einen Ballettschuh. Und was sonst noch? Du könntest vielleicht einen Tennisball nehmen.«

»Ich interessier mich nicht mehr so für Tennis«, sagte ich. »Bei mir gibt's auch noch was anderes als immer nur Sport.«

»Ich weiß.« Sie drehte den Ring hin und her, bewunderte ihn von allen Seiten. »Tut mir Leid. So war das nicht gemeint.«

»Schon gut.« Auch ich drehte den Ring an meinem Finger herum. Das hatte ich mir gewünscht – als Freundin auserwählt zu werden. Als beste Freundin. Mit diesem Freundschaftsring. Wenn meine Wünsche in Erfüllung gehen, fang ich in letzter Zeit immer zu heulen an. Damit es jetzt nicht dazu kam, fragte ich CJ: »Wie war's im Ballettunterricht?«

Sie hob das Bein und zog es mit der Hand bis über den Kopf hinauf.

»Wow. Hast du überhaupt noch Knochen dadrin?«

Lächelnd ließ sie das Bein sinken. »Es war gut, richtig gut.«

»Das ist toll«, sagte ich, »dass es dir wieder besser gefällt.«
»Ich weiß nicht«, flüsterte sie.
Mrs Dodge zuckte mit den Schultern und wandte sich ab.
»Ich kann mich nicht entscheiden«, fuhr CJ fort. »Und ich weiß nicht mal, ob ich überhaupt eine Wahl habe. Ich erzähl dir später davon. Mrs Dodge kennt meine Mutter.«
»Okay«, flüsterte ich zurück. Ich wollte ihr so gern helfen. Manchmal kommt sie mir so weit entfernt vor, mit ihrem eigenen Leben, von dem ich nichts weiß. Meine beste Freundin. Am liebsten hätte ich vor Mrs Dodge damit geprahlt: Wir sind beste Freundinnen, wir haben uns gegenseitig dazu gemacht. »Und?«, fragte ich. »Hat Tommy dich gestern angerufen?«
»Nein«, sagte sie. »Ich musste den ganzen Tag an ihn denken. Na ja, außer im Ballettunterricht. Aber auf dem Heimweg ging es dauernd: Tommy, Tommy, Tommy. Du hast Glück, dass du so normal bist.«
»Ja«, sagte ich. »Die gute alte, normale Zoe.« Klar doch. Als ob ich am Wochenende etwas anderes gedacht hätte als immer nur Tommy, Tommy, Tommy.
»Ernsthaft«, protestierte CJ. »Das mögen alle so an dir. Du bist so ... so ausgeglichen und vernünftig.«
»Ich?«, fragte ich und blätterte für die Anzahlung meine zerknitterten Dollarscheine hin.
»Ihr müsst jede Woche vorbeikommen und mindestens zwei Dollar bezahlen«, sagte Mrs Dodge, während sie mein Geld zusammenraffte.
»Kein Problem«, sagte CJ und zahlte ihrerseits.

»Kein Problem«, bestätigte ich. »Das ist der Ring wert.« Wollte ich damit Mrs Dodge überzeugen? Oder wen sonst? Wir lasen beide das Kleingedruckte in der Vereinbarung für die Ratenzahlung. Das war alles so ernst und offiziell, dass ich das Gefühl bekam, ich sollte einen Anwalt zu Rate ziehen. Nun ja, es war ja auch wichtig. Das hatte CJ gesagt und ich empfand genauso. Wir gingen eine Verpflichtung ein.

Ich sah zu, wie mein neuer Ring an meiner Hand auf und ab tanzte, als ich an der angestrichenen Stelle unterschrieb. Bevor ich den Vertrag über die Theke reichte, unterstrich ich meinen Namen, der in meiner runden Schrift dort stand. *Hier. Das bin ich,* dachte ich – etwas weniger eckig als das *Zoe Grandon* auf Tommys Zettel, der jetzt als einziger Gegenstand in meiner Tüte steckte. Aber natürlich würde ich sie nie und nimmer damit abgeben. Meine Selbstdarstellung in einer Tüte geht eindeutig darüber hinaus, dass ein Junge, der mir im Kindergarten einen Wurm auf den Kopf gelegt hat, mich mag. Mich mochte. Was auch immer. Also wirklich!

Wenn ich nach Hause komme, hole ich den Zettel aus der Tüte, nahm ich mir vor, *und suche stattdessen zehn witzige, vernünftige Gegenstände.* Ein Stück arme Ritter wär was Lustiges, ein ausgefranster Schnürsenkel, mein zum Platzen volles Adressbuch mit den Telefonnummern und Geburtsdaten von der ganzen Klasse, dieser Ring hier. Aber vielleicht behalte ich den Zettel noch ein Weilchen. Ich kann ihn ja ganz unten in meiner Kommode verstecken, bis ich so weit bin, dass ich ihn wegwerfen kann.